영웅을
기다리며

영웅을 기다리며

1판 1쇄 발행 2017년 3월 10일
1판 2쇄 발행 2017년 4월 15일

지은이 성진근
펴낸이 박경미
펴낸곳 도서출판 황금물고기

디자인 남상원
제작처 한영문화사

등록일자 2003년 12월 5일
등록번호 제2013-000213호
주소 서울시 마포구 모래내로 83(성산동 한울빌딩 6층)
전화 02-326-3336
팩스 02-325-3339
이메일 okpk@hanmail.net

ISBN 978-89-94154-64-0 03810

정가 12,000원

*잘못 만들어진 책은 구입처나 본사에서 교환해드립니다.

위기를 헤쳐 나갈 정치 이데올로기!

영웅을 기다리며

나는 보수인가 아니면 진보인가

성진근 지음

황금물고기

최순실 사태로 광장 정치판이 몇 달째 주말마다 열리고 있다. 대통령은 국회의 탄핵의결로 헌법재판소의 심판을 기다리는 식물대통령 처지가 됐고, 집권여당은 두 개의 정당으로 쪼개져서 존재감이 희미해졌다. 이 통에 정권 탈취의 희망이 높아진 진보파 야당정치인들은 표를 얻기 위해서 포퓰리즘적인 정책들을 경쟁하듯이 쏟아내고 있다.

처음에는 안타까워만 했다. 가슴 답답함에 자다가도 벌떡 일어나곤 했다. 그러다가 이대로 가만히 있으면 안 된다고 생각했다. 정치판과 거리를 두고 있는 강단 경제학자들이 아무도 나서지 않는다면 별 수 없이 정년퇴임 10년차인 나라도 나설 수밖에 없다고 결심했다. 그래야 다음 세대에게 좋은 나라를 물려줄 수 있다고 생각했다.

그릇 인식되고 있는 사실관계부터 바로 잡아주고 후손들에게 엄청난 부담만 남겨주는 실패한 정책들의 검증된 폐해를 알려줘야 한다. 그리고 박근혜 정부와 함께 동반 퇴진시켜야 할 권위주의적인 큰 정부 시스템의 적폐積弊를 똑바로 분석, 부각시키고 바람직한 개혁방향을 제시해야 한다고 생각했다.

선진국 자본주의는 자유방임적인 작은 정부 체제로 출발하여 시장 실패로 인한 대공황 치유 과정에서 정부의 시장개입 강화를 통한 큰 정부 체제로 전환되었다. 그러나 큰 정부 체제는 경기불황과 함께 최저생활수준 보장과 관련해서 너무 과욕過慾을 부린 결과, 국가채무만 늘어나게 되는 정부 실패 현상을 초래하였다.

영국의 대처정부와 미국의 레이건정부는 세금과 규제가 줄어든 신자유주의적인 작은 정부체제를 도입하는 데 공동보조를 취했다.

정부의 과도한 시장개입으로 인한 노동시장의 경직과 민간경제활동의 위축이 초래한 불황을 극복하는 일, 과도한 복지비 지출을 감당하기 위한 증세增稅에 반발하는 납세자를 무마하는 일, 국가채무 증가에 대처할 필요성 등이 높아졌기 때문이었다.

그러나 신자유주의는 시장의 독점화와 빈부격차의 심화로 연결되는 부작용이 현저해지는 폐단이 발생하고 있다. 2008년 발생한 세계금융위기 당시에 소위 "1%와 99%"의 문제로 상징되는 시민들의 집단적인 저항을 계기로 신자유주의의 폐해에 대한 공감대가 널리 확산되었다. 따라서 자본주의는 또다시 보다 나은 방향으로의 변화를 모색하면서 진화해 갈 것이다.

2017년 다보스포럼의 논의주제로 등장한 불평등 최소화를 위한 소위 '포용적 성장' 등 논의가 좋은 계기로 작용할 것으로 기대된다.

대한민국은 산업화와 민주화 그리고 정보화를 통해서 절대 빈곤국에서 선진국으로의 변신을 가장 빠른 시기에 성공시킨 나라이다. 소위 정부주도적인 경제 성장을 성공시킨 세계사에서 유례없는 나라로서 권위주의적인 큰 정부에 의한 관치경제官治經濟 시스템을 오늘날까지 유지하고 있는 나라이다.

그러므로 진보측이 거론하는 바와 같은 신자유주의 경제체제를 한 번도 경험하지 못한 나라다. 개발독재 시절에 형성된 권위주의적 큰 정부체제하에서 절대권력에 의한 자원의 집중배분 등 비호庇護 속에서 재벌주도적 경제성장이 이루어졌고 이 과정에서 소득계층 간, 산업 간, 지역 간 양극화 현상이 빚어졌다. 과도한 규제와 인·허가 관련 업무처리 과정에서 큰 정부 관료사회의 갑질 관행은 「김영란법」 파동을 불러오는 등 부패공화국이란 오명을 뒤집어쓰게 했고, 절대권력은 재벌들에게 통치자금을 거두는 대신에 유리한 기업환경을 조성해 주는 등 정경유착政經癒着의 질긴 고리를 이어왔다.

그렇다면 박근혜 정부의 퇴진과 함께 개혁돼야 할 대상은 권위주의적인 큰 정부 체제이지, 우리가 한 번도 경험해 보지 못한 신자유주의 체제는 절대 아니다. 진단이 잘못되면 옳은 처방도 기대할 수 없다. 복지확대를 위한 재원을 증세增稅에 의존한다는 것은 결국 권위주의적인 큰 정부

체제를 더욱 키우는 결과로 나타날 수밖에 없지 않겠는가?

그러나 불평등 해소를 통한 사회통합은 시급히, 그리고 반드시 이루어져야 한다.

이를 위한 재원은 권위주의적 절대권력이 거둬들여서 그동안 통치자금으로 또는 부정축재로 쓰였던 「검은 돈」과, 부富의 세습체계를 가능하게 하는 상속세율의 인상을 통한 불로소득不勞所得의 사회환수 및 고소득자에 대한 차별적인 소득세율 인상에 의한 직접세의 대폭인상 등 사회정의 실현을 위한 조세제도의 혁신적인 개혁을 통해서 조달하는 것이 마땅하다. 그러나 일자리 창출을 저해할 수밖에 없는 법인세 인상은 가장 후순위 단계로 미뤄두는 게 옳은 방향이다.

시대가 영웅을 만든다고 한다. 그러나 결국 국민들이 깨어 일어나서 영웅을 만들어내야 한다. 영웅이 나타나서 정치판의 혼란과 경제위기를 수습하여 심각한 불평등 구조도 해소하고 나아가서 세대 간 공정성도 추구하는 좋은 나라를 만들어야 한다. 그것이 시대정신이다.

이 책은 3개의 장으로 구성돼 있다.

제1장은 대한민국이 처한 경제 위기, 외교안보 위기 그리고 정치 위기 등 복합위기 국면을 요약했다.

제2장은 후진적 정치풍토의 폐해를 논의하고 따뜻한 진보의 가슴과 냉철한 보수의 머리로 무장하여 추구해야 할 새로운 대한민국의 정치 이데올로기[Ideology]의 요건에 대하여 논하였다.

제3장은 새로운 영웅탄생을 요구하는 시대의 환경변화를 논의하고 대한민국을 살맛나는 좋은 나라로 만들기 위해 영웅이 힘써 해내야 할 중요한 과제들에 대하여 논하였다.

이책의 대부분은 미국 LA 위성도시 La Mirada시에 있는 막내아들 집에 체류했던 한 달 사이에 써졌다. 아들 내외 기주, 현정은 편안한 집필환경을 만들기 위해 애썼고 귀여운 손녀 아현과 서현이는 할아버지에게 웃음과 힘을 선사해 주었다.

사무엘 베케트[Samuel Beckett]의 고도[Godot] 씨는 50년 동안이나 기다려도 오지 않았다. 대한민국을 오늘날의 위기에서 구해낼 우리의 영웅도 왠지 끝내 스스로는 와줄 것 같지가 않다.

대한민국을 좋은 나라로 만들어서 다음 세대에 물려주기 위한 디딤돌의 하나로 이 책이 쓰임받기를 기원하면서….

2017년 2월 6일

수서 연구실에서

성진근

|차 례|

PART 02 정치를 바로 세워야 한다

PART 03 영웅을 기다리며

PART 01

대한민국이 망하는 길로 들어섰는가?

암초暗礁밭으로 진입한 대한민국 경제호

"5천년 묵은 가난 5년 안에 벗어나자"란 구호를 앞세우고, 일하고 또 일해 온 지난 반세기 동안, 절대빈곤 상태에서 대한민국이 이루어낸 경제 선진화와 민주주의의 성취는 세계인의 경탄을 받기에 충분했다. "우리도 한번 잘 살아보세"라는 국민들의 간절한 열망을 조직화해서 추진동력화한 국가지도층의 강력한 의지가 경제개발을 성공적으로 이끌었다.

여기에다 하나님이 보살핀 행운까지 뒷받침됐다.

첫 번째 행운은 일제 식민지배 이후의 정치·경제 체제로 대한민국이 자유민주주의와 시장경제 체제를 선택했다는 점이다.[1]

두 번째 행운은 1990년대 이후 세계경제의 통합, 즉 세계화의 물결이 진행되면서 무역자유화가 큰 폭으로 진전되어 한국경제가 좁은 내수시장의 한계를 수출확대로 극복하여 시장을 확장할 수 있는 터전을 손쉽게 제공받았다는 점이다.

그러나 2010년 이후 대한민국은 여태까지의 성공신화를 물거품으로 만들 수도 있는 경제위기와 안보위기에 내몰리고 있다. 더구나 최근에는 박근혜 대통령의 탄핵과 맞물려 국가위기관리 시스템의 붕괴라는 정치체제의 위기로 내몰리고 있다. 대한민국의 번영을 뒷받침해온 행운이 한꺼번에 사라지고 저주의 악령이 활개치는 광야에 문득 내팽개쳐진 처지가 된 것이다.

---

1 우리와 동시에 출범한 북한의 정치경제체제는 공산당 1당 지배 체제하의 사회주의 통제경제 체제였다. 해방 이듬해(1946) 미군정청의 여론조사에 의하면 당시 국민의 70%가 사회주의 체제를 찬성했다고 한다. 이승만 초대 대통령에 대한 부정적인 평가도 없진 않지만 자유민주주의와 시장경제 체제를 도입하고 지켜낸 그의 업적은 확고하다.

저성장 늪에 빠진 한국경제, 출구가 안 보인다

먼저 한국경제는 무역절벽과 인구절벽 등 걸림돌에 막혀서 출구를 찾지 못하고 헤매고 있다.

세계무역기구WTO는 2016년 상반기의 세계 71개 주요국 간의 교역액이 작년보다 5.4% 줄었다고 발표했다. 2015년 상반기의 11.7% 감소실적에 이은 2년 연속된 무역 감소로 인해서 세계 교역액은 2010년 이후 6년 만에 최소 규모로 줄어들고 있다.

글로벌 교역액의 감소 추세는 주로 글로벌 경기부진의 영향으로 원유와 철강 등 원자재 교역액이 위축되고 있는 데에서 그 원인을 찾는 견해가 많다. 그러나 보다 근본적인 원인은 미국, EU 등 선진국에서 보호무역주의 강화 추세가 진행됨에 따라서 글로벌 교역시장을 지탱해 왔던 자유무역의 대원칙이 훼손·퇴조하고 있다는 점에서 찾을 수 있다.

세계 경제는 1980년 이후 지구촌 단일시장을 지향하면서 권역별 통합시장으로의 진화를 거듭해 왔다. 동시다발적으로 체결된 자유무역협정FTA에 의한 경제통합과 지역 간 연결 체계 강화가 세계경제의 번영을 가져다 줄 것이란 낙관주의가 지배하는 가운데 세계교역액은 지속적으로 증가해 왔으며 무역 의존적인 한국경제도 빠른 성장을 계속해 올 수 있었다. 그러나 2008년 '리먼브라더스 쇼크' 이후 신자유주의 경제 질서의 부정적인 결과에 대한 반성과 함께 반세계화와 고립화 움직임이 거세게 일어났다. 여기에다 2016년 영국의 유럽연합EU 탈퇴는 세계경제의 통합, 즉 세계화의 물결에 급제동을 걸었다. 미국에서도 제45대 트럼프 대통령 집권을 계기로 무역자유화의 흐름을 역행하는 보호무역주의와 미국우선주의를 내세우는 신고립주의 현상이 보다 강화될 전망이다.

수출은 돈도, 자원도 부족한 대한민국의 경제성장을 가능케 한 원동력이었다. 1964년 수출 1억 달러를 달성한 이래 50년이 지난 2011년에는 드디어 무역규모가 1만 배로 커진 1조 달러 무역시대를 열었다. 그러나 2015년부터 무역 규모가 쪼그라들기 시작해서 1조 달러 무역대국의 지위에서 밀려났다. 수출실적 '1억달러탑' 상을 받은 기업은 5년 만에 절반 이하(2011년 129개 → 2016년 55개)로 줄어들었다. 이에 따라서 우리 경제성장률도 낮아지고 있다. 2011년 이후의 대한민국의 경제성장률은 OECD 평균치보다 불과 0.5% 정도보다 높지 않은 2%대 중반의 낮은 성장률을 보이고 있다. 이러한 경제성장률의 둔화는 투자와 소비부진으로 이어지고 실업의 증가와 함께 가계와 기업의 부채증가로 연결되고 있는 것이다.

세계의 경기부진이 이어지고 있는 가운데 선진 각국의 보호주의적 정책마저 강화되고 있어서 세계무역 성장기조는 부진의 늪으로 빠져들고 있다. 이에 따라 수출의존도가 지나치게 높은 한국경제의 위기감도 갈수록 커지고 있다.

인구지진의 쓰나미가 닥치고 있다

밖으로는 '무역절벽'이 우리경제의 외연外延 확장을 어렵게 하고 있다면, 안으로는 '인구지진age-quake'이 우리 사회의 소비와 고용 등 경제 부문과 국방, 교육, 조세 등 전 분야에 대한 개혁을 불가피하게 하고 있다.

인구지진 현상[2]은 한 국가 내의 노인 인구(65세 이상)가 어린이 인구(0~14세)를 추월함으로써 발생하게 되는데 우리나라는 2017년부터 사상 처음으로 생산가능 인구(15~64세)수가 감소하면서 인구지진 현상에 직면하게 되었다.(그림1)

| 그림 1 | 한국의 노인과 어린이 인구 추이

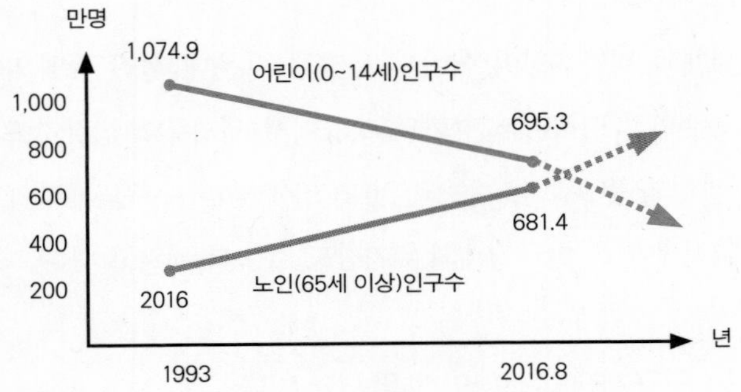

1993년 노인 인구는 전체 인구의 5.4%로 어린이 인구(24.0%)의 22% 수준에 불과했다. 그러나 23년이 지난

2 인구감소와 고령사회화의 충격을 지진현상에 빗댄 영국의 인구학자 폴 월라스(Paul Walace)의 저서 '인구지진'에서 처음으로 사용한 용어임. 인구지진의 충격파는 리히터 규모 9.0(2011년 동일본 대지진) 수준에 달하는 것으로 예측되고 있다.

2016년에는 어린이 인구의 감소와 노인 인구의 증가로 그 비중은 13.5% 수준으로 같아졌고 2017년부터는 노인 인구가 어린이 인구보다 많아지는 인구지진 현상이 우리 사회 전반에 걸쳐 큰 충격파를 일으키기 시작할 것으로 예상된다. 2002년에는 역사상 처음으로 전국적으로 신생아수가 40만 명대로 떨어지기 시작했다. 이에 따라 2017년까지의 어린이 인구(15세 미만)는 모두 40만 명대를 유지해 왔고 이들이 모두 고등학교에 진학하여 3개 학년을 채우게 되는 2020년이 되면 고교는 500여 개가 남아돌게 된다. 그리고 2025년까지는 20만 명 안팎의 지원자 부족으로 정원(현재 56만 명)을 채우지 못한 대학교 중에서 상당수 대학의 폐교마저 속출하게 될 전망이다.

인구고령화가 초래할 문제도 심각하다. 매년 60~90만 명씩으로 구성되어 있는 베이비 붐 세대(1955~1963년생)가 2020년부터 노인층에 진입하게 됨에 따라 기초연금 등 노령층 복지지출은 급속하게 팽창될 것이고 건강보험, 국민연금 등 4대 보험의 재정고갈 현상도 현실 문제로 다가오게 될 것이다. 저출산과 인구고령화는 우리나라 전체의 미래가 걸린 중요한 문제다. 포퓰리즘적이고 단편적인 정책이 아닌 청년취업에서 출산까지, 영유아 보육에서 주택에 이르기까지의 전체를 아우르는 종합대책이 세워져야 한다.

정치판 혼란이 경제위기를 노골화시키고 있다

최순실 사태로 대통령이 도덕적 권위와 국민적 신뢰를 잃어 직무를 제대로 수행하지 못하게 되면서 대통령의 지지 세력이었던 보수保守 정당도 분당되어 2개의 정당으로 나뉘었다.

우리 사회에서 우리의 경제성장을 뒷받침해온 자유민주주의 이념과 시장경제 체제를 잇고 지키려는 성향이 강한 태도를 가진 사람들이 보수층이고 그런 정치적 성향을 가진 사람들이 모인 정당이 보수정당이다. 보수정당인 집권여당은 좋은 대통령을 뽑는 일에 실패했다. 보수가 지지한 지도자의 권위를 땅에 떨어뜨린 최순실 사태가 시작된 지 두 달 만에 그동안 불안하게 지탱해 왔던 우리경제의 전방위에서 위험신호가 켜지고 있다.

대기업의 투자가 중단되고 성장, 소비, 투자, 수출, 고용

등 모든 경제지표에 적색등이 켜지고 있다. 조선, 철강, 해운, 화학, 건설 등 5대 산업 구조조정이 올스톱되고 노동개혁법은 야당의 반대로 사실상 좌초 상태에 이르렀다. 철도파업은 역대 최장기록을 갱신하면서 산업물류를 어렵게 했으며 실업률의 증가와 영세기업의 파탄 속에서 가계부채는 가파르게 증가하고 있다.

박근혜 대통령 정부가 추진해온 경제개혁 정책은 대부분 경제위기관리에 초점을 맞추고 있었다. 그러나 현 정권이 추진해 왔던 '성장'에 방점을 둔 경제개혁정책들 대신에 '갈라먹기'에 방점을 둔 인기영합적인 정책들이 선택되면 우리 경제의 성장 잠재력은 심각하게 훼손될 수밖에 없다. 그러나 대중주의적 정책Popularized policies은 늘 인기가 높고 게다가 야당은 다수를 차지하고 있으며 여당은 대통령 탄핵 위기로 구심점을 잃고 지리멸렬 상태에 처해서 견제할 수 있는 힘을 상실하고 있다.

우리 사회가 추구해온 보수적 가치가 보수정당 출신 대통령의 권위상실로 크게 훼손되면서 대한민국 경제의 위기가 더욱 노골화되고 있는 것이다.

우리사회의 문제 해결 시스템이 고장났다

세계인이 경탄해 마지않던 '한강의 기적'을 일구어낸 대한민국이 무역절벽과 인구절벽에 부딪혀서 갈 길을 잃고 성장절벽에 맞닥뜨리고 있다. 모든 것이 위축되고, 악화되는 복합 침체의 중병重病에 걸려 우리 경제가 수년째 허덕이고 있는 가운데 국가경제를 이끌어 온 정치 시스템마저 혼란 속에서 무력화되고 있다.

우리 경제를 앞에서 이끌어 왔던 반도체, 휴대폰, 자동차 산업에 뒤이어서 우리 경제 성장을 견인할 차세대 상품산업의 모습은 찾기 어려운 반면에 과거 성장을 이끌어 왔던 조선·해운산업 등과 같은 고속성장 시대의 주력 산업들은 연이어서 몰락 위기에 처해 있다. 세계를 경탄케 했던 한국 경제 특유의 역동성과 활력은 사그라들고 있는 대신에 가계빚과 국가부채 그리고 노인들만 눈에 띄게 늘어나고 있는 것이 숨길 수 없는 우리나라의 현실인 것이다.

무엇보다 산업과 국가관리 시스템 전반에 걸친 구조개혁이 이뤄져야 한다. 노후산업과 생명력 잃은 좀비기업들을 도려내고 4차산업혁명 시대[3]를 이끌어 나갈 새로운 성장산업들이 자리잡도록 산업구조를 바꿔야 한다. 이를 위해서는 기업의 창의와 자유를 억제하고 있으며 기득권 보호 편향적인 큰 정부시대의 규제를 혁신적으로 완화시켜야 한다. 공공, 노동, 교육, 금융정책과 제도 등 국가의 경제운영제도를 산업의 경쟁촉진을 통한 효율성 실현에 초점을 맞추어 개혁해야 한다. 5년마다 바뀌는 중요 국정과제의 연속성을 위해서 그리고 경제와 산업분야, 심지어 안보분야에 까지도 뼛속깊이 스며든 편 가르기 식의 분열과 반목 구조를 해소하고 제왕적 대통령제의 폐해를 되풀이 하지 않기 위해서 정치 제도의 근본적인 개선을 위한 개헌을 추진해야 한다.

무엇보다 우리 사회의 문제해결 시스템이 고장나서 제대로 작동하지 못하고 있다는 점이 치명적인 문제다. 얽히고

3 증기기관의 발명으로 기계에 의한 생산혁명이 제1차 산업혁명이라고 한다면 전기와 생산조립라인의 출현에 의한 대량생산혁명이 제2차 산업혁명이고 반도체와 컴퓨터·인터넷이 주도하고 있는 산업혁명이 제3차산업혁명이다. 21세기의 시작과 동시에 출현한 제4차산업혁명은 유비쿼터스 모바일 인터넷, 더 작고 강력한 센서, 인공지능과 기계학습 등이 특징이다. 현재의 지식관련 기술혁신 속도를 고려할 때 앞으로 20년 후에는 일자리의 70%가 현재 전혀 존재하지 않는 새로운 일자리로 바뀌게 되는 시대가 올 것이란 전망도 있다.

설킨 문제해결의 실마리를 찾아내고, 미래지향적인 정책수단을 개발하여 국민과 이해당사자의 설득에 나서야 할 정치리더십이나 정부의 모습은 온데간데없고, 단지 책임질 일만 피하고 보자는 무사안일 속에서 무기력의 늪에 빠져 허덕이는 공직자의 모습만 크게 비쳐지고 있다.

국력을 소진시키고 있는 국정혼란의 현장

국익을 우선시하는 선제적 정책을 포기한 무능력한 정부 탓에 기항할 항구를 찾지 못한 수십 척의 한진해운 컨테이너선이 한 달 째 바다를 떠돌았던 기막힌 사건도 있었다. 과잉재고 속에서 산지 쌀값은 20년 전 수준으로 떨어져 농가소득이 줄어들어 농민은 아우성이고 정부는 정부대로 보관비와 직불제(변동직불제)예산 증가로 골머리를 싸매고 있는 등이 대표적인 국정혼란의 사례다.

잠재 성장률을 4%대로 끌어올리고 고용률 70%를 달성하며 1인당 국민소득 4만 달러로 가는 초석을 다져놓겠다(2014. 2. 15. 대통령 담화)는 다짐과 함께 출범한 경제혁신3개년계획이 2016년에 끝났다. 그러나 결과는 부끄러울 정도로 실패다. 경제성장률은 2% 중반을 맴돌았고 2017년에도 같은 정도일 것으로 예상된다. 실업률과 가계부채는 사상 최고수준을 계속해서 경신하고 있기 때문이다.

1962년에 시작된 제1차 경제개발5개년계획은 1986년에 제5차 계획이 마감되면서 끝났다. 그로부터 30년이 지나는 동안 한국경제는 양과 질에서 엄청나게 변했다. 민간부문도 비약적으로 성장해서 경제체질 자체가 민간주도형으로 변했다. 특히 해외환경 변화에 민감한 수출의존적인 경제체질로 변했다.

그럼에도 불구하고 정부가 주도하는 경제혁신계획을 세우고 집행하는 과정에서 정부와 민간부문이 함께 쏟아부은 시간과 자원비용은 계획의 실패와 함께 고스란히 국력손실로 귀결되고 말았다.

야당은 강성노조를 비롯한 극렬지지 세력의 포로가 되어 이들이 원하는 방향에 따라 사사건건 반대만 일삼으면서 국정수행의 발목을 붙잡아 왔다.

현 정부의 성공을 막아야만 정권창출이 가능하다는 정파적 이익에만 함몰되어 있는 야당이 어찌 국민들에게 대안적 지도세력으로 자리매김될 수 있겠는가?

기득권을 지키기 위한 노조들의 탐욕과 무책임은 도를 넘어서고 있고 사드(고고도미사일 방어체계)문제에서 보듯이 국민들이 지역과 개인의 이해관계에 따라 집단행동에 나서는 일마저 잦아지고 있다.

정부와 정치권이 문제해결의 리더십을 발휘하지 못하는 사이에 대한민국 경제호는 암초밭에 걸려서 구명정도 준비하지 못한 채 마구 흔들리고 있는 형국인 것이다.

흔들리고 있는 국가관리 시스템

한국마라톤의 몰락은 관리 시스템 붕괴 때문이었다

일제강점기인 1936년에 개최된 베를린 올림픽에서 손기정 선수가 우승한 지 만 80년 되는 2016년 8월, 리우 올림픽에서 한국의 마라톤 참사가 발생했다. 마라톤은 올림픽의 꽃이라 불리는 대표적인 육상경기다. 우리나라는 베를린 올림픽을 제패한 손기정 선수 이래, 서윤복, 함기용, 최윤칠, 황영조, 이봉주 등의 걸출한 마라톤 선수들이 올림픽 등 각종 대회에서 감동적인 드라마를 쓰며 국민들에게 기쁨과 자긍심을 선사해 주었던 경기종목이다. 또한 올림픽 경기 중에서 가장 많은(47개) 금메달이 걸려 있는 육상경기 중에서 우리나라가 메달을 따냈던 유일한 효자종목이기도 하다.

그러나 한국마라톤은 2016년 리우 올림픽에서 몰락했다. 뿐만 아니라 개망신마저 당했다. 1996년 아틀란타 올림픽에서 이봉주 선수가 은메달을 딴 이후 20년간 '노메달' 처지가 된 것을 한탄하는 이야기가 아니다. 캄보디아 대표로 국적을 바꿔서 출전한 일본의 나이든 코메디안과 탈꼴찌 경쟁을 벌이는 기막힌 광경을 올림픽 경기에서 연출한 부끄러운 일을 말하는 것이다. 올림픽 마라톤 경기 완주자 140명 중에서 131위와 138위에 랭크된 우리나라 대표선수들의 최악의 성적표가 한국마라톤 실력의 현주소다. 이와 반대로 일본은 육상경기에서 깜짝 놀랄 만한 성적을 거두면서 우리의 구겨진 자존심을 더욱 상하게 했다. 일본의 4×100M 계주 팀이 우사인 볼트가 이끄는 자메이카 팀과 경쟁하면서 당당히 은메달을 따낸 것이다. 10초대의 100M 개인기록을 가진 4명의 일본선수들이 9초대 기록을 보유한 4명의 미국선수들을 제치는 이변을 연출한 것이다.

동양인으로서 신체상 비교열위를 극복할 수 있었던 요인

은 무엇이었을까? 그것은 바톤터치에 초점을 맞춘 과학적인 훈련과 선수능력 고도화를 위한 평상시의 선수관리 시스템이었다고 한다. 이에 비해서 올림픽 선수촌에서 출전을 앞둔 한국 마라톤선수들은 영양식은 커녕 다른 종목에 출전한 한국선수에게 햇반을 구해 먹으면서 요기를 하고 심지어는 배탈까지 겪기도 했다고 한다. 또한 리우 출발 이전에 행한 마지막의 전지훈련지(일본)에서는 부상마저 당했다고 한다.

출전준비가 이토록 부실한데 어찌 좋은 결과를 기대할 수 있겠는가? 선수훈련과 관리 시스템의 붕괴결과는 참담했다. 한국대표선수 중에서 가장 좋은 기록은 2시간 36분 21초로서 80년 전 손기정 선수의 베를린 올림픽 우승기록보다 7분 이상 뒤떨어진 참담한 결과였다.

"고추가루와 김치를 먹고 단련된 한국인의 체질입니다…, 달리고 또 달려서 기어코 승리할 것입니다…." 절대빈곤의 힘든 세월을 보내고 있던 지난 시절, 국제 마라톤대회의 현장 중계 라디오 방송에서 국민들의 손에 땀을 쥐게 했던 흥분된 아나운서의 목소리가 지금도 귀에 생생하다.

한국인의 DNA에는 마라톤경기에 적합한 선천적인 무엇이 포함되어 있는 것은 분명한 것 같다. 그러나 아무리 훌륭한 유전자원을 이어받았다고 한들 선수들의 능력을 극대화시켜줄 수 있는 선수훈련과 관리 시스템이 붕괴되면 참담한 망신만 당하게 된다는 사실을 리우 올림픽에서 우리는 똑똑히 볼 수 있었다. 선수 개개인의 자질은 물론 중요한 요소다. 그러나 보다 중요한 요소는 선수관리 시스템이다. 리우올림픽에서 전 종목 금메달의 꿈을 실현시킨 한국 양궁의 성공은 공정한 선수선발과 과학적인 선수관리·훈련 시스템이었다고 한다.

국가관리 시스템의 한계가 드러나고 있다

한국 경제가 선진국 문턱에서 주춤주춤 미끄러져 내리고 있다. 수출환경의 악화와 경제활동 인구의 감소 등 경제의 거시 및 미시 변수의 악화 탓도 있다. 그러나 보다 중요한 것은 경제변수를 관리하고 조정해야 할 관리 시스템의 약화와 혼란이다. 대통령과 정부의 리더십 실종과 사사건건 부딪치기만 하는 후진적인 패거리 정치문화로는 추락하고 있는 한국경제를 추스를 수 있는 국가경제 관리 시스템의 올바른 방향조차 세우기 어렵다.

2016년 10월, 한국을 방문했던 클라우스 슈밥 세계경제포럼 회장은 일국의 경제 성패를 좌우할 미래 성장엔진으로 4차산업혁명[4]을 내세웠다. 그는 "미래사회는 좌파와 우파로 나누어지는 것이 아니다"라고 정치권의 편 가르기를 경계하였다. 진행되고 있는 4차산업혁명의 변화 속도는 과거의 산업혁명과는 달리 대단히 빠르기 때문에 이념적인 대립보다는 변화를 빠르게 수용할 수 있는 유연한 노동시장과 민첩한 경영체질의 개선 여부에 따라서 미래사회의 모습이 결정되어질 것이라고 강조했다.

18세기 중엽에 시작된 1차산업혁명 시대에 처하여 세계 각국이 기술혁신에 의한 사회, 경제 변혁에 몰두하고 있을 무렵, 조선은 노론 패거리의 장기집권 속에서 개화와 수구로 나뉘어 내홍內訌과 분열만 일삼다가 일본의 식민지로 전

4 로봇, 인공지능, 사물인터넷, 기술융합 등을 통한 대변혁과 혁신이 만들어내는 신세계가 4차혁명 시대의 변화 모습이다. 클라우드 슈밥의 제4차산업혁명, 새로운 현재, 2016.11

락하고 말았다. 20세기 중후반부터 이어진 2,3차 산업혁명 시대를 거치면서 대한민국은 추격자형 경제성장 전략에 편승하여 선진국 문턱에 이르기까지 성공적으로 내달려 왔다. 그러나 21세기에 들어서면서 성장과 분배 위주의 경제체제 선택을 두고 정치권이 좌·우파로 나뉘어서 최근의 10년 세월을 허송하고 있는 사이에 4차산업혁명 시대를 선도하고 있는 선진국과의 거리가 점차 멀어지고 있다. 여기에서 뒤처지면 다시 개도국 지위로 전락하는 수밖에 없다.

하지만 위기는 곧 기회다. 4차산업혁명으로 상용화되고 있는 인공지능기술AI이 정보통신ICT분야는 물론 유통, 제조업에 이르기까지 다양한 분야에 걸쳐서 기술발전을 이끌고 있다. 정부가 앞장서서 혁신 신기술개발을 유도하고 개발된 신기술을 민간부문이 효과적으로 수용할 수 있도록 규제의 틀을 바꾸고 노동의 유연성을 높여가야 한다.

문제는 관리 시스템이다. 후진적인 정치가 지배하는 국가관리 시스템으로는 빠르게 진행되고 있는 4차 산업혁명 시대에서 성장절벽을 피할 길이 없다. 대선을 앞둔 정치권에서도 성장의 중요성을 인식한 듯 '국민성장, 공정성장,

혁신성장, 공생성장, 더불어 성장' 등 다양한 성장론을 쏟아내고 있다. 그러나 깊숙이 들여다보면, "나눠먹자"는 방법론에 치중하고 있을 뿐 나눠먹을 빵Pie을 크게 키울 수 있는 방안은 여전히 희미하고 설득력이 낮다. 허황된 정치구호는 만발하고 있지만 민간부문의 경제 활력을 되살릴 방법론은 지나치게 부실하기만 하다.

우리사회를 이끌어 나가야 할 정치권이 각개 약진하여 부분적 이익을 고집하면서 전체 이익을 갉아먹는 '죄수의 딜레마'[5]에 빠져있는 형국이다.

최순실 사태는 우리나라 국정운영 시스템이 얼마나 낙후되어 있는지를 웅변으로 입증해 준 사건이었다. 수백만 명의 국민들은 주말마다 광장으로 나와 대통령의 잘못을 탓하고 퇴진을 요구했다. 물론 대통령 중심제하에서 '중심' 노릇을 제대로 하지 못한 대통령의 책임이 제일 큰 것은 맞

5 죄수의 딜레마는 게임이론의 유명한 사례로 경제학, 심리학, 국제정치학 등 다양한 방면에 활용되는 개념이다. 두 죄수 간의 협력적인 선택이 양자의 최선의 선택임에도 불구하고 자신의 이익에 치중한 선택으로 인해서 결국 서로에게 나쁜 결과를 야기하는 현상을 말한다. – Robert Axelrod; The Evolution of Cooperation, 1984

다. 그러나 대통령 한 사람만 몰아낸다고 우리나라가 좋아지겠는가? 대통령도 문제지만 비정상적인 국정운영 시스템은 더 큰 문제였다. 비선秘線의 사익私益을 위해서 관련 국가기관이 동원됐고, 특권층의 청탁에 입시 공정성마저 무너졌다. 심지어 문체부는 비선의 관심사를 이행하기 위한 심부름 기관으로서의 역할마저 수행했다.

국정운영 시스템이 비정상적으로 작동되고 있는데 경보警報 시스템마저 고장 났다. 대통령 직속기관인 감사원의 감사기능은 인사권과 수사기관 지휘권을 가진 막강한 청와대의 불법적인 횡포를 외면했다.

'죄수의 딜레마' 이론은 법치주의의 현실적 해악害惡을 여실히 보여주고 있다. 범죄를 저지른 공범 두 명의 범죄사실에 대한 '자백'과 '부인'이 초래할 손익을 현행 법체계하에서 신중하게 저울질해서 처벌을 최소화할 수 있는 '합리적'인 선택을 강조하고 있는 것이 죄수의 딜레마 이론이다. 그러나 범죄사실에 대한 도덕적 반성과 함께 합당한 벌(죗값)을 마땅히 감수해야 하는 선량한 윤리의식은 이 이론의 어디에도 찾을 수가 없다.

법치法治를 악용하면서 도덕적 불감증에 깊숙이 빠진 대통령과 망가진 국정운영 시스템은 최순실 사태가 똬리 틀 수 있는 터전을 제공한 공범관계라 할 수 있다. 정경유착의 폐해 치유를 통한 큰 정부체제의 개선보다는 떡고물에 더 많은 관심을 보여 왔던 정치권도 공범관계란 누명을 벗어나긴 어렵다.

조직적으로 작동해야 할 정교한 국정관리 시스템에 큰 구멍이 났었다는 사실이 밝혀졌다. 국정최고책임자의 공적인 의사결정(통치행위)은 최고의 인재들에 의해 철저한 검증을 거친 최선의 결론에 의존해서 이루어진다고 믿고 있었던 민초民草들은 설마설마하면서 어이없어 하고 분노했다.

국정공백 사태를 조기에 수습해야 한다

인구 5천만 명, 세계경제 10위권을 넘나드는 거대국가의 국정운영 시스템이 대통령의 총애를 기화奇貨로 자행된 최순실을 비롯한 측근들의 호가호위狐假虎威로 크게 훼손됐다. 최 씨 등은 기업으로부터 돈을 뜯어내고 정부 인사에도 일정부분 관여했다고 한다. 청와대의 비서진과 장·차

관 등 고위직 공무원들이 심부름까지 했다고 한다.

지금이 봉건영주 시대도 아니고 최첨단 거미줄 정보 시스템이 뒷받침되고 있는 정보화 사회에서 어찌 이런 일이 일어날 수 있는가?

"특정 개인이 이권利權을 챙기고 여러 위법행위까지 저지른…." (박근혜 대통령 11월 4일 담화) 결과, 대통령의 지지율은 4%까지 떨어져서 식물대통령 처지가 됐고 경제와 안보 위기를 극복해야 할 국정운영 시스템은 문제해결의 추진동력을 잃고 있으며 국민들은 거리로 뛰쳐나와서 몇 주째 대통령의 퇴진을 요구하였다. 그리고 마침내 국회는 탄핵을 의결하였다.

그러나 이 시점에서 대통령만 퇴진한다고 되는가?

판단력 흐린 여성대통령은 국정운영의 공공성과 공정성을 망가뜨렸다. 봉건시대도 아닌데 국정이 사사화私事化됐다. 고위공직자들이 이를 묵인, 방조했다. 집권여당은 친박親朴과 진박眞朴등으로 세를 형성해서 이를 덮어주고 응원했다.

이 통에 국가공동체의 부富가 천박한 사기꾼들의 약탈대상으로 전락했다. 대통령뿐만 아니라 국정운영의 공공성을 훼손시킨 모든 주체들을 물러나게 하고 책임을 물어야 마땅하다. 대통령 1인에게 지나치게 집중된 제왕적 대통령제도의 폐해를 시정할 수 있는 개헌을 추진할 수 있는 기회로 이번 사태를 활용할 수 있어야 한다.

무엇보다도 현재의 국정공백 사태를 조속히 수습하여 급변하고 있는 경제, 외교, 안보환경의 변화에 국력을 모아서 대응해야 되지 않겠는가?

"밤잠을 못 이룬다. 내가 이러려고 대통령을 했나? 하는 자괴감이 들 정도로 괴롭기만 하다."(박근혜 대통령의 11월4일 담화)는 대통령의 회한悔恨은 문민정부 이래 선출된 역대 대통령이 모두 겪은 부끄럽고 참담한 결말이었다.

알선수재 혐의로 구속된 차남의 정치개입 때문에 제14대 김영삼 대통령도 임기 말에 잠 못 이루는 밤을 보냈다. 두 아들이 구속된 제15대 김대중 대통령도 청와대에서 하루속히 나가고 싶어 했다. 헌정사상 처음으로 국회의 탄핵의결을 받았던 제16대 노무현 대통령도 퇴임 후 부엉이 바위에서 뛰어 내리기 두 달 전 쓴 글에서 "정치하지 마라, 대통령이 되려고 한 것이 오류였던 것 같다."라고 했다. 제17대

이명박 대통령은 부정부패에 연루된 형 이상득 의원이 구속되는 날 "이제 와서 누굴 탓하겠는가. 모두 제 불찰"이라고 국민들에게 사죄했다.

치열한 계파 싸움 통에 나라의 주권마저 일본에 빼앗긴 조선시대 당파싸움의 악령을 이 나라 정계에서 이제는 걷어내야 한다. 조선시대의 당파는 애초에 동인과 서인으로 나뉘었다. 그러나 동인은 남인과 북인으로, 북인은 대북과 소북으로, 대북은 골북, 육북, 중북 등으로 어지럽게 갈라섰다. 서인도 청서, 공서, 노서, 소서로 나뉘었다가 나중에는 노론과 소론으로 갈라서 계파 간 싸움을 쉬지 않았다.

정치인들이 국리민복을 실현하기 위한 뚜렷한 정치 주제를 놓고 목숨 걸고 대결한다면 굳이 말릴 일도 아니다. 그런데 권력의 축을 점령하고 떡고물을 더 많이 배정받기 위한 정치공학적인 이유 때문이라면 당파 싸움 통에 나라를 망쳤던 전철을 되풀이 할 수도 있다.

조선시대 당파싸움은 효종 사후 3년 상을 주장하는 허목(남인)과 1년 상을 주장하는 송시열(서인)의 싸움에서 시작되었다. 상복을 몇 년 입느냐 하는 문제로 정치인들이 패를 갈라서 죽기 살기로 싸우는 통에 나라통치 시스템마저 무너져 내린 것이다.

최순실 사태로 야기된 국정공백사태에 대하여 여당은 친박과 비박으로 나뉘어서 당주도권 다툼 끝에 두 개의 정당으로 나뉘어 갈라섰고 야당은 국정혼란상태를 불러온 권위주의적인 제왕적 대통령중심제의 개혁 등 근본적인 해결방안 제시보다는 다음 대선까지 혼란상태를 이어가는 것이 정권 확보에 유리하다는 정치공학적인 이유 때문에 국정공백사태를 조기에 수습하려는 노력보다는 오히려 즐기는 듯한 모습까지 보여 왔다. 이 통에 광장정치판마저 두 패로 나뉘어서 극심한 진영논리에 의한 가짜 뉴스[fake news]를 퍼뜨리며 국민을 두 쪽으로 분열시키고 있다.

정치권이 앞장서서 국정혼란 사태를 수습해야 한다. 국론 분열을 더 이상 부채질했다가는 선진국 대한민국의 꿈은 물거품이 될 뿐이다. 1년 상이냐? 3년 상이냐 하는 하찮은 패거리 싸움통에 나라의 주권마저 빼앗겼던 이조시대의 뼈아픈 전철을 되풀이할 셈인가?

국정관리 시스템의 근본적인 개혁이 필요하다

현행의 제왕적 대통령제도를 포함하여 권위주의적인 큰 정부 체제를 뒷받침해 온 국정운영 시스템은 이번 기회에 헌법 개정을 통하여 반드시 개선되어야 한다. 다가오는 대선에서 누가 대통령이 되든지 간에 새 대통령 책임하에 권력구조 개편을 목표로 하는 개헌을 추진하기 어렵다. 선거를 통해서 당선된 대통령은 자기에게 주어진 막강한 권한을 기를 쓰고 포기하려들지 않기 때문이다. 최순실 사태로 식물대통령 사태가 야기된 지금이 바람직한 방향의 개헌을 추진할 수 있는 가장 좋은 기회다.

붕괴된 국정관리 시스템을 하루속히 바로 세워야 문제해결의 실마리에 접근할 수 있다. 그러나 어쩌겠는가? 현재의 야당 지도자들은 조만간 실시될 대선승리를 통하여 정권을 확보하는 일에만 전력을 기울이고 있고, 국정추진동력을 상실한 여당은 지리멸렬 상태에 빠져 있다.

트럼프 새 미국대통령은 선거과정에서 무역자유화 추진과정에서 서민들이 잃은 일자리를 되찾기 위해 미국우선주의에 입각한 보호무역주의를 강화하겠다고 공약했다. 세계 최대교역국가인 미국이 보호무역주의를 강화하면 세계 각국은 여기에 대응하는 길을 찾을 수밖에 없다. 무역 의존율이 지나치게 높은 한국경제는 경영환경 악화에 대응하기 위한 선제적 정책수단을 찾아내서 실행해야 한다. 또한 북한의 핵무기 도발로 위중해진 안보위기에 대응하기 위한 효과적인 정책수단을 개발·적용하고 특히 주한미군 의존적인 우리의 국방구조도 조속히 개편해야 한다.

미국 우선주의America first를 내세우고 등장한 트럼프 새 미국대통령의 실리외교의 일차목표는 중국과의 관계 재설정이다. 미국의 영광을 되찾기 위해서는 경제적으로 그리고 외교·안보적으로 마땅히 중국을 눌러야 하기 때문이다. 그러므로 미·중 갈등은 예고돼 있는 한국의 큰 위협이다. 안보는 미국에, 경제는 중국에 대한 의존성이 지나치게 높은 한국은 앞으로 미국과 중국으로부터 양자택일의 압력에 시달릴 공산이 커졌다. 이에 따라 한국정부의 선택에 따라서 한국의 장래 모습이 결정될 엄중한 외교·안보상황이 진행되고 있다.

정치지도자들이 기득권부터 내던질 수 있어야 한다. 수명 다한 권위주의적 큰 정부 시스템을 이참에 걷어내고 작고 효율성 높은 새로운 정부 시스템을 만들어야 한다. 정파적 이익을 위한 정략적 접근도 금물이다. 산업과 국정운영 시스템 전반에 걸친 구조개선시책을 포함한 국가관리 시스템을 바로 세우기 위한 실천적인 계획을 내세워 검증받고 국민적 합의를 얻는 과정이 다가오는 대선의 중심 이슈로 등장해야 마땅하다. 우리 경제의 내일이 큰 걱정이다. 관리 시스템이 붕괴된 마라톤처럼 나라 경제가 형편없이 망가져 추락하게 될지 정말 걱정스럽다.

북핵北核 위기로 노정된 안보安保 위기

사드배치는 자위권 행사 차원의 주권적 활동이다

북한의 핵전쟁 실전능력은 5차 핵실험과 잠수함발사 탄도미사일SLBM의 발사 실험 성공으로 입증되었다. 소형핵탄두를 탑재한 미사일의 실전배치 가능성이 현실화됨에 따라 한반도의 안보위기 상황은 더욱 심각해졌다.

가장 근원적인 해결책은 북한이 이란처럼 핵무기를 스스로 포기하도록 유도하는 것이다.

이를 위해서 국제사회UN는 북한에 대한 경제제재 조치를 몇 차례나 거듭 강화해 왔지만 중국의 미온적인 참여로 효과는 제한적인 것 같다. 남중국해와 대만 등 대중국 포위

작전에 나서고 있는 미국과의 전향적인 거래가 성사되기까지는 북한의 핵포기를 유발할 수 있는 고강도 경제제재에 중국이 쉽게 나설 것 같지는 않다. 그러나 어정쩡하고 미지근한 경제제재 조치로는 북한의 핵무기 포기를 이끌어내기 어렵다. 북한의 3대 세습에 의한 지배체제 보전을 담보할 수 있는 마지막 출구로 핵무기에 대한 북한정권의 집착이 강하기 때문이다.

아시아의 맹주盟主자리를 확보하고자 하는 중국과 이를 저지하려는 미국 간의 대결구조가 갈수록 심화되는 상황에서 우리나라가 선택할 수 있는 차선책은 핵미사일을 요격할 수 있는 방어체계 확보이다. 그러나 사드(고고도 미사일방어체계)의 국내 배치 문제를 두고 국론이 분열되고 있고, 중국의 반발도 커지고 있다.

사드THAAD는 북한의 핵미사일 공격에 대응하기 위한 최소한의 방어수단이다. 버스 한 대 크기의 레이더와 요격미사일을 설치하고 이를 관리할 인력 100여 명이 근무하게 되는 방어 시스템 설치를 두고 정쟁을 벌이고 있는 정치권과 '내 뒷마당에는 안 된다.(NIMBY)'라는 지역이기주의적 갈등의 확산은 국론분열의 현실을 여실히 보여주고 있다.

핵무기라는 새로운 창을 장착한 북한과의 협상을 통해서 민족공멸의 전쟁위기를 해결하기 위해서는 북이 장착한 창의 위협을 무력화시킬 수 있는 새로운 방패가 반드시 필요하다. 사드는 현재까지 알려져 있는 가장 효과적인 방패다. 그러므로 앞으로 북한의 SLBM(잠수함발사 탄도미사일)까지 실천배치가 가시화되면 사드를 추가로 더 들여와서 이중 삼중의 방어체계를 구축해야 마땅하다. 그러나 야당은 관행적으로 반대하다가 다음 정권에서 결정하자고 미루면서 여론을 호도하고 있다.

사실상 사드배치의 주목적은 주한미군의 생명과 장비를 북한의 선제先制공격으로부터 방어하기 위한 목적이 크다. 한국방어를 위하여 현지에 진출해 있는 자국병사를 보호하기 위하여 설치하고자 하는 방어용 무기의 도입과 설치에 주둔국이 반대하고 있는데도 불구하고 미국이 소위 혈맹血盟관계라는 멍에에 묶여서 한국의 방위의무를 다할 것이라고 기대할 수 있겠는가? 한국의 방위의무를 규정한 한미안보조약은 어느 한쪽 나라가 다른 쪽 나라에 조약 해지를 통보하면 1년 후 자동 종료되는 성격의 허약한 약속이 아니었던가?

독자적 핵개발은 문제해결을 더욱 어렵게 한다

일부 정치권에서 제기하고 있는 독자적인 핵개발론 역시 북핵문제를 근본적으로 해결하기보다는 더욱 어렵게 만들 소지가 크다.

물론 우리의 핵개발능력은 충분하다고 자타가 공인하고 있다. 관련기술과 필요자원을 충분히 보유하고 있기 때문이다. 그러나 핵무기 보유는 미국과 함께 비핵화非核化 규범을 존중하는 180여 국가들과 등지게 되는 결과로 이어질 수 있다. 또한 일본과 대만 등 인근국가들의 핵무장 경쟁을 촉발시킬 수도 있다.

한국의 핵무기 보유에 대한 세계적인 비난과 경제제재 속에서 무역으로 먹고사는 우리 경제가 어떻게 버텨 나가겠는가? 여기에다 한국이 독자적으로 핵개발에 나선다면 한국 방위를 포기한 미국이 미군과 함께 핵우산을 철수하겠다고 나선다면 그에 대응할 다른 방안은 준비되어 있는가? 그렇다고 사드배치를 반대하는 것은 북한의 핵억제를 전적으로 중국에 위임하는 대신에 어쩔 수 없이 중국을 상국上國으로 모셔온 치욕스러운 조공국朝貢國의 대열로 회귀하자는 주장과 다를 바가 무엇인가?

사드배치 반대론자의 명분은 중국의 현실적인 경제보복과 평화적 남북통일 실현에 대한 차질발생에 대한 우려에 있다. 그러나 중국의 오만과 무례는 이미 도를 넘었다. 한반도 사드배치는 북한의 연이은 핵위협(핵폭탄과 미사일 실험)으로 야기된 안보위기 극복을 위한 대한민국의 주권적 선택이다. 그러나 중국은 오만한 내정간섭의 범위를 차츰 넓혀나가고 있다. 자국의 해안경비정에는 함포를 장착하고 있으면서도 한국경비정의 기관포 장착을 비난하는 내정간섭도 서슴치 않는 중국이다. 한국 관광 억제와 중국내 롯데마트 불매운동을 비롯한 치졸한 무역보복과 전투기의 영공침략 등 도발행위를 계속 멈추지 않는 중국에 당당히 맞서면서 활로를 찾아야 한다. 한국을 힘으로 눌러 입맛대로 길들일 수 있다는 오만을 감히 하지 못하도록 지혜와 국력을 모아야 한다.

베트남의 대중국전략에서 배워야 한다

여기에서 베트남의 중국 대응 자세를 살펴볼 필요가 있다. 베트남은 경제규모 면에서 한국의 15%, 1인당 소득은 한국의 10%에 불과한 중국의 변방국가다. 역사적으로 베트남은 삼국지의 촉한군사 제갈량이 행한 남만南蠻정벌에서 칠종칠금七縱八擒의 수모를 겪으면서도 독립국의 지위를 지켜낸 나라다. 또한 현대에 이르러서도 프랑스와 미국의 침략을 불굴의 전투를 통해서 외국 군대를 자국영토에서 몰아낸 역사를 자랑으로 내세우는 나라다.

최근 들어서 수차례의 국경충돌에서부터 남중국해 분쟁에 이르기까지 베트남은 중국에 맞서서 때로는 독자적으로, 때로는 중국봉쇄를 희망하는 미국의 힘을 빌려서 민관군民官軍이 하나되어 감연히 싸우고 있다. 그러나 놀라운 일은 중국과의 긴장관계가 높아감에도 불구하고 베트남과 중국 간의 투자와 교역규모는 꾸준히 확대되고 있다는 점이다.

정치문제와 경제문제를 철저히 분리하는 중국의 국민성 탓도 있을 것이다. 그러나 비록 정치적인 이유 때문에 싸움에서는 물러서지 않고 있지만 베트남 국민의 민생창달과 베트남의 경제성장을 위해서는 중국과의 교역질서는 지켜내야 한다는 베트남 지도층의 확고한 정책 선택이 뒷받침되고 있기 때문에 한쪽에서는 치열하게 싸우면서도 양국간 교역규모는 날로 커지고 있다.

우리나라는 민족내부 역량의 부족으로 해방 이후(1945년) 외세(外勢: 미국, 중국, 소련, 일본)의 간섭에 의해서 나라가 두 동강이 났다. 그리고 70년이 지난 오늘날 북한의 핵위협은 위험수위를 넘어서고 있는데도 남한은 마땅한 대응방법을 찾지 못하고 있다. 정파적 이익에 함몰된 지도층의 반목反目과 이에 휩쓸린 국론분열 현상으로 미국과 중국의 눈치만 살피고 있는 한심한 처지에 놓여 있는 것이다.

"나라 일이야 어찌됐던 정권만 확보하고 보자"라는 무책임한 야당지도자들은 우리가 어찌 하더라도 자국의 이익 때문에라도 이 나라는 미국이 지켜줄 것이라고 생각하는 부끄러운 식민지 의식부터 버려야 한다. 중국까지 날아가서 제대로 할 말도 못하고 중국 외교부장의 훈계(?)만 듣고 돌아온 야당의원들의 철 지난 사대주의도 쓰레기통에 내던져야 한다.

지난 여름 극장가를 달군 두 편의 영화 "인천상륙작전"과 "덕혜옹주"가 제시하는 중요 메시지는 단 하나로 요약할 수 있다. '나라를 지킬 힘을 잃은 한심한 나라의 불쌍한 백성들이 겪을 수밖에 없는 시련의 역사를 다시 반복해서는 안 된다.'는 것이다.

강대국에 둘러싸인 지정학적인 운명을 극복하여 국익과 민족의 자존심을 지켜나갈 수 있는 힘의 원천은 국론國論의 결집이다. 이를 바탕으로 나라경영관리 시스템을 재정비해야 치욕스러운 역사를 되풀이하는 한심한 백성들의 지위를 벗어날 수 있다.

우리 후손들에게 당당하고 살기 좋은 나라를 물려줘야 할 책임이 산업화, 민주화를 성공시킨 우리세대에게 있다는 점을 잊지 말아야 한다.

국가 경쟁력 추락의 끝은 어디인가?

경제혁신 3개년 계획도 실패로 귀결되고 있다

스위스의 민간 싱크탱크인 세계경제포럼WEF이 발표한 국가경쟁력 평가에서 2016년 한국은 138개국 중에서 26위였다. 경제의 효율성과 미래 잠재력을 수치화한 이 순위에서 한국은 2007년 11위까지 올라갔다가 하락하기 시작하여 2014년 이후 3년 연속 26위를 기록하고 있다.

우리경제의 문제를 해결할 수 있는 해법은 산업과 국가시스템 전반에 걸친 구조개혁을 통해 효율성과 활력을 되찾는 일에서 마땅히 찾아야 한다.

박근혜 정부는 출범 2년차인 2014년에 '경제혁신 3개년 계획'을 발표했다. ①공공부문 개혁 ②창조경제 혁신 센터 운영 ③가계부채 관리 ④규제 총량제 도입 등 정책혁신을 통해서 국가 경쟁력을 끌어 올리겠다는 것이었다.

그러나 경제혁신 3개년 계획의 성과는 거의 찾을 길 없고 한국경제는 더 깊게 저성장의 늪에 빠져 허우적거리고 있다.

정부는 공공, 금융, 노동, 교육 등 네가지 분야에 대한 구조개혁에 역량을 집중하겠다고 천명했으나 3년이 지난 지금 체감할 수 있는 성과를 찾기는 어렵다. 가장 절실한 노동개혁은 야당의 반대로 고용유연화를 실행할 수 있는 근로기준법 등 관련 법안들이 국회 문턱을 넘지 못했다.

교육분야 개혁을 위해서 과감한 대학 구조 조정이란 화두를 던졌지만 정리 대상 대학과 지역사회의 반대에 부딪혀 역시 제자리걸음이다.

그나마 성과를 낸 부문은 공공부문 개혁으로 공무원연금 개혁, 공기업 부채비율 감축, 임금피크제와 연봉제 도입 등이 가시적인 결과물이라 할 만하다.

창조경제혁신센터 운영도 최근 불거진 최순실 사태로 예

산이 삭감되면서 장래가 회의적이다.

가계부채 관리 문제는 대표적인 정책실패 사례이다. 정부는 가계부채를 줄여서 가처분소득 대비 가계부채 비율을 5% 낮추겠다는 목표를 제시했다. 그러나 부동산 규제를 풀어서 경기를 살리려는 정책을 선택한 결과, 가계부채 비율은 오히려 13.4%P나 폭증했다(2013년 말 160.2% → 2016년 6월 173.6%). 최근 한국경제에 메가톤급 폭풍을 몰고 온 조선·해운 등 대기업 구조조정 문제와 대기업과 중소기업의 격차를 줄이기 위한 경제민주화 시책도 실패로 귀결되었다. 민간 주도적인 경제체질에서 연유된 경제현안과제를 정부 주도적으로 해결하기 위한 치열한 사전 준비가 빈약했다는 점이 경제혁신 3개년 계획의 실패를 초래한 중요 원인이다.

환경변화에 대한 적응력 부족이 가장 큰 문제다

한국경제는 점점 더 저성장의 늪으로 깊이 빨려 들어가고 있다. 왜 이런 일이 벌어지고 있는가?

가장 큰 원인은 급변하고 있는 대내외 경제환경 변화에 제대로 적응하지 못했기 때문이다.

중국 제조업의 맹렬한 추격에도 불구하고 과거의 추격자형 성장전략과 정책지원 관행에서 헤어나지 못하고 있다는 점, 새 환경에 맞게 우리 체질을 바꾸려는 구조개혁 시도에 대한 기득권 세력의 강한 저항을 매끄럽게 극복하지 못한 점, 진행되고 있는 4차 산업혁명을 이끌 수 있는 우수한 인재교육 시스템이 부실한 점, 성장잠재력 하락이 계층 이동성까지 저해하면서 우리 사회구조에 대한 불신이 깊어지고 있는 점, 그리고 세계에서 가장 빠른 속도로 진행되고 있는 고령화로 인한 복지비 지출 증가 등이 우리 경제의 발목을 잡고 있다.

정치권이 문제해결의 리더십을 발휘해야 한다

이에 따라서 다른 선진국들이 3~5년 만에 돌파한 "국민소득 2만 달러"의 함정에 우리는 10년째 갇혀 있는 모양새다. 우리 경제를 이끌어 나갈 사회적 리더십이 실종되어 보이지 않는다는 점이 더 큰 문제다.

삼성전자, 현대자동차에 이어서 새롭게 우리 경제의 성장을 견인할 기업군群이 탄생하기는커녕 조선·해운업·철강·

화학·건설 등 과거의 성장주력 산업들은 속속 몰락 위기에 처하고 있으며 구조조정 시책마저 유명무실해지고 있다.

정치권도 성장의 과실을 갈라먹기 위한 처방에만 매달리고 있다. 인기영합적인 포퓰리즘 정책의 홍수 속에서 한국경제의 성장 동력은 쇠잔해지고 있다. 더구나 이 중요한 시기에 박근혜 대통령은 최순실 사태로 탄핵심판을 기다리는 식물대통령 상태에 처해서 국정공백 사태를 야기하고 있다.

국정공백사태가 길어질수록 한국경제의 고통도 대응력 약화로 깊어질 수밖에 없다. 그리고 이 고통은 경제·경영 환경의 급변에 대한 대응력이 약해진 우리의 후손들에게 고스란히 물려줄 수밖에 없다.

정치권이 문제 해결의 리더십을 발휘해야 한다. 정치계를 비롯한 사회 각 부문이 집단 이기주의를 버리지 못하면 우리 경제는 침체에서 벗어나지 못하고 나라는 망하는 길로 들어설 수밖에 없다.

당초보다 1년 정도 앞당겨질 대선을 앞두고 대통령 되겠다는 사람은 많다. 그러나 대한민국을 반듯하고 강력한 나라로 만들기 위해 어떤 분야의 일을 어떻게 하겠다는 정치

개혁의 목표와 이정표를 분명하게 밝힌 후보자를 찾기 어려운 것이 대한민국의 또 하나의 불행이다.

개발 독재 시절에서 이어져 내려온 권위주의적 정부 시스템의 개혁이 급선무다. 그러나 국회와 같이 하지 않으면 아무 일도 제대로 할 수 없는 '국회선진화법'하에서는 기득권층을 설득하고 협상할 수 있는 소통의 달인과도 같은 능력을 보유한 지도자가 간절히 필요하다. 그러나 이 어려운 시기에 대통령자리를 기웃거리는 사람 중에 그런 사람은 눈을 비벼도 찾기가 어렵다.

지금은 민주화만 추구하면 되던 시대가 아니다. 경제는 꽁꽁 얼어붙고 외교는 사면초가 상태인 그야말로 난세亂世다. 저성장의 늪을 탈출하고 새로운 일자리를 늘리는 일에 국력을 집중해야 한다. 북핵 위기를 뛰어넘어 한반도의 평화통일을 이뤄내야 한다. 그러므로 표 계산에만 집착하면서 복지 공약만 남발하는 후보가 대통령이 되어서는 안 된다.

선진국에 걸맞은 제도를 갖추고 세계 속에서 우뚝한 대한민국의 위엄dignity을 지킬 수 있는 영웅을 국민들이 찾아 나서야 할 때가 온 것이다.

농업이 붕괴되면
나라도 망한다

"와! 선진국 농민들은 데모도 트랙터 타고 하네…." 농산물 무역자유화협상(UR협상)에 반대하는 프랑스 농민들의 데모 현장을 TV뉴스에서 보면서 감탄했던 일이 바로 엊그제 일 같다. 그런데 20년 전에 일어났던 그 일이 우리땅에서 재현되고 있다.

"쌀값 보장하라", "농업 살려내라"는 구호를 외치며 농민들이 「박근혜 퇴진」 데모 대열에 트랙터를 끌고 동참하기 위해 상경 길에 나선 것이다. 사실 쌀값 하락과 농업 위축의 책임을 지워서 박근혜 대통령의 퇴진을 요구하는 것은 무리이긴 하다. 그러나 한국농업이 처하고 있는 어려움을 널리 알릴 기회가 오죽이나 부족했으면 저럴까 하는 안쓰

러움으로 트랙터 상경 행렬을 지켜볼 수밖에 없는 게 안타깝다.

한국농업의 대표작물 쌀 농업이 죽어가고 있다

2016년 11월의 산지 쌀값은 20년 전 수준 이하로 떨어졌다. 2016년 쌀값(80kg)은 1년 전보다 18.9% 떨어졌고 (159천 원→129천 원) 20년 전인 1997년 정부의 2등품 쌀 수매가격(132천 원)보다 2.3% 낮아졌다. 정부가 2016년 쌀 생산량 중에서 신곡 수요량을 제외한 전량(299천 톤)을 시장 격리시키는 쌀값 안정화 시책을 추진하고 있는데도 불구하고 쌀값 하락세는 계속되고 있다. 이 와중에 창고마다 쌀 재고량이 넘쳐나고 있는 게 또 다른 문제다. 정부 보유미는 유엔식량농업기구FAO가 권장하는 적정 재고(80만 톤)의 2.5배 수준(200만 톤)에 육박하고 농협미곡종합처리장RPC의 재고량도 20만 톤을 훨씬 뛰어넘고 있어서 과잉재고미 관리와 처리에 따른 지역농협의 경영적자가 누적되는 현실이다. 최근 3년간(2014~2016) 전국 153개 농협RPC의 경영적자는 1,000억 원에 육박한다고 한다. 저금리로 인한 경영악화에다 쌀값 하락으로 인한 과잉재고가 지역농협의 경영악화를 가중시키고 있는 것이다.

쌀 공급과잉 문제는 한국 농업의 고질 문제로 굳어지고 있는 듯하다. 쌀 소비는 줄어들고 있는데 생산은 그대로인데다가 매년 40만 톤 씩의 의무수입쌀까지 가세해서 만성 공급과잉 협상을 고착화시키고 있기 때문이다.[6]

쌀 공급과잉 현상은 쌀값 하락과 농가경영수지의 악화로 이어지고 있다. 최근 10년간(2005~2015) 농가구입가격지수는 27.2%P 올랐다. 이 중에서 농업용품 구입가격지수는 33.5%P 올랐지만 미곡 판매가격 지수는 불과 2%P 오르는데 그쳤다. 특히 이 기간 중 농촌 임료금은 49.7%P나 올랐다. 농가의 주요 수입원(2015년 쌀 수입이 농업 총수입에서 차지하는 비중은 19%였다.)인 쌀값은 떨어지고 있는데 쌀 생산비는 매년 오르고 있으니 농가경제가 날로 어려워질 수밖에 없다.

---

6 국민 1인당 연간 쌀 소비량은 1995년의 106.5kg에서 2015년의 62.9kg으로 20년 만에 59% 수준으로 줄어들었다. 그러나 쌀 생산량은 같은 기간 동안에 17% 수준(5,806천 톤)으로 줄었을 뿐이다.

"쌀값이 떨어지면 직불제를 통해서 정부가 다 보전해주고 있는데 뭐가 문제냐?"라는 의견도 있다. 그러나 농가가 쌀 값 하락으로 보상받게 되는 변동직불금은 수확기의 평균 쌀값이 목표가격보다 떨어질 경우로 인한 농가 손실예상액의 85% 수준이란 점도 알아야 한다.

"쌀값이 내리면 쌀을 싸게 사먹을 수 있기 때문에 소비자 후생이 커지는 것 아니냐?"라는 의견도 들린다. 소비자 후생은 다소 커질 수 있지만 쌀값 하락으로 인한 농가손실 보전을 위한 변동직불금 예산(2016년 9,777억원)을 위한 세금의 추가적 부담의무가 발생하게 된다. 쌀값이 싸진다고 국민들이 마냥 좋아할 일은 아닌 것이다.

전체 농가의 58%가 쌀 농업에 참여하고 있고 전체경지 이용면적 중에서 48%가 벼 재배 면적이다. 또한 우리나라의 낮아진 식량자급도(2015년, 23.8%)는 쌀의 완전자급률(101%)에 의해서 그나마 유지되고 있음을 감안한다면 쌀은 여전히 우리 농업의 중심 작목임은 분명하다.

농업 위기의 본질은 시장개방의 확대에 있다

그러므로 쌀 문제를 제대로 풀지 못하면 한국 농업 문제를 풀어낼 수 없다. 쌀 문제 해결의 핵심은 만성적인 공급과잉에 의한 수급불균형의 해소에 있다. 정부는 농민단체의 요구를 받아들여서 신곡의 예상수요량을 초과하는 생산량 전량을 시장에서 격리시키겠다고 한다. 그러나 시장격리물량은 현재의 과잉재고량을 더욱 늘리게 되어 다음해 산지쌀값을 더욱 낮추게 하는 악순환으로 이어지므로 급한 불을 끄기 위해 처방된 하지하책下之下策일 뿐이다. 쌀 생산량을 줄이기 위하여 10여년 넘게 농촌진흥청(호남농업연구소)에서 애써 개발한 다수확품종「호품」을 정부의 공공비축미 매입대상에서 제외시키겠다는 방침도 국력을 낭비하는 비웃음거리에 지나지 않는다.[7]

묵은 쌀의 사료화 처분 또는 해외원조나 대북지원 등 과

7 쌀의 국제경쟁력 향상을 위하여 생산성 향상과 생산비 절감 및 품질향상을 독려해온 정부의 정책적 노력의 결실 중 하나가 밥맛 좋은 다수확성 벼품종「호품」육성이었다. 그러나 공공비축 매입물량은 생산량의 9% 남짓에 불과하다. 생산량 10가마니 중에서 1가마니도 안 되는 정부수매 물량을 줄이기 위해서 다수확 품종을 심지 말라는 정부 시책이 과연 설득력이 있겠는가?

잉재고 처리방식은 막대한 재정손실은 물론 실현가능성도 높지 않다. 기획재정부의 반대로 예산확보에 실패한 생산조정제도 부작용의 최소화를 위한 실행계획이 뒷받침되지 않으면 효과를 기대하기 어렵다. 휴경休耕을 전제조건으로 하여 시행된 2003~2005년의 생산조정제는 농지 황폐화 문제를 야기했으며 2011~2013년의 논 소득기반 다양화 사업은 대체작목이 콩, 대파 등 몇 작목으로 쏠리는 부작용을 낳았기 때문이다.

쌀의 수요공급을 맞출 수 있는 방법이 간단치 않다. 이 때문에 우리 농업의 중심 농작물인 쌀 농업의 위기가 가중되고 있고, 이것은 한국농업의 위기로 바로 연결되고 있는 것이다.

쌀농사 위기의 본질은 수입개방에 있다. 국내 쌀시장은 태풍이나 병해충 등 예상치 못한 재해 한방에도 쉽게 풍·흉이 갈리게 되는 지극히 얇은 시장thin-market이다. 쌀값이 안정·하락세를 보여 온 최근 10년간(2006~2015) 쌀 자급률이 100%를 넘은 해는 2009년(101.1%), 2010년(104.6%), 2015년(101.0%) 세 해뿐이었다는 점이 이를 증명한다. 그런데도 왜 쌀 재고량은 쌓여만 가고 있는가?

그것은 의무수입량 때문이다. 2004년부터 2014년까지의 10년간 시장개방유예 조치 때문에 총 국내 생산량의 10% 가량이 낮은 양허관세율 5%에 의해서 의무수입되고 있고 이 의무수입쌀이 국산쌀 소비를 대체하고 있기 때문이다.

쌀뿐만 아니라 모든 농산물이 모두 시장개방폭의 확대에 의해서 점차 큰 영향을 받고 있다. 2015년 곡물자급률은 전체적으로 23.8%였고, 이 중에서 주요 곡물의 자급률은 밀 0.7%, 두류 9.4%, 보리 21.9% 등으로 쌀을 제외한 곡물생산은 겨우 명맥만 유지하는 수준으로 떨어지고 있다.

과일류는 수입과일에 의한 소비위축으로 몸살을 앓고 있으며 채소류도 수입농산물 때문에 소비위축과 가격하락의 이중고를 겪고 있다. 예컨대, 낮은 관세로 수입되는 중국산 냉동고추의 시장잠식으로 국산 고춧가루 사용비율이 줄어듦에 따라 국산건고추의 가격이 몇 년째 하락세를 지속하면서 고추농사를 포기하는 농가가 늘어나고 있는 것이다.

축산물 역시 개방의 영향을 피해 가지 못하고 있다. 2015년 현재 주요 육류의 국내 생산량 대비 수입량 비율은 쇠고기 117.3%, 돼지고기 42.5% 닭고기 20.3%였다. 현재까지는 미국, EU, 호주 등 주요 선진축산국과의 FTA협정이 이행초기 단계이므로 국내축산에 미치는 영향이 제한적이지만 앞으로 관세인하폭이 점차 확대되어 가면 한국축산의 위기도 본격적으로 진행될 전망이다.

점차 강화되는 농산물 수입확대라는 외생변수의 압박에 한국농업이 시나브로 멍들고 있다면, 농업 인력의 고령화와 신규투자 부족 및 우리 농산물에 대한 소비자들의 애착과 관심도 저하 등으로 한국농업의 내상內傷은 날로 깊어지고 있다. 농가 인구는 3,434천 명에서 2,569천 명으로 10년 전(2005)보다 25%가 줄어들었다. 같은 기간 동안에 농림어업 취업인구는 1,813천 명에서 1,289천 명으로 29%가 줄어들었는데, 이 중에서 60세 이상의 노령자 비율은 54.8%에서 62.4%로 늘어난 반면에 40세 미만의 청년 취업자 비율은 6.2%에서 5.8%로 줄어들었다.

농업수익성 악화가 농업 위축을 부채질하고 있다

우리나라는 지난 10년간 전세계 52개 국가와 총 15건의 자유무역협정FTA을 체결했으며, 관세율의 점진적인 인하가 협정에 의해서 매년 이행 중이다. 관세율 인하에 따라 수입농산물의 국내도착가격이 매년 낮아지게 되고 이에 대응하기 위한 국내 가격 하락과 국내 농업생산성의 감소현상이 뒤따르고 있고 결국 농가경제의 악화로 이어지고 있는 것이다.

농산물가격의 정체 내지 하락추세가 진행됨에 따라서 2015년의 호당 농업소득은 1,125만7천 원으로 10년 전(2005)보다 5%가 오히려 하락했다. 이 때문에 10년 전에 비해서 농가소득과 도시근로자 가구 소득 간의 격차는 22.2%에서 35.6%로 확대되었고 농가소득 중에서 농업소득이 차지하는 비중도 38.7%에서 30.2%로 줄어들게 되었다.

안타깝게도 농업수익성이 악화됨에 따라서 농업부문에 대한 실질자본투자마저 감소하고 있다. 시장개방 확대에 따른 불안감과 농업내부의 투자여력 부족 등으로 농업부문 신규자본투자는 1995~1997년 평균 7조원 규모에서 2008~2010년 평균 3.4조 원으로 10년 사이에 절반 이하 수준으로 감소하고 있다. 여기에다 대기업의 농업부문 진출마저 「골목상권」 논리에 의해서 농민들이 집단적인 거부감을 표출하고 있어서 비농부문의 농업부문 투자확대를 기대하기 어려운 실정이다.[8]

국민들의 농업에 대한 우호적인 인식마저 점차 싸늘하게 변하고 있다. 한국농촌경제연구원이 행한 국민의식조사 결과에서 '농산물 시장이 개방될수록 소비자에게 유리하다'는 인식이 64.3%에 달하고 '값이 비싸더라도 국산농산물을 구매하겠다.'는 소비자가 32.8%에 불과한 점[9] 등 우리 국민들의 국내농산물에 대한 충성도가 최근 들어 낮아지고 있다는 점이 해외수입농산물보다 여전히 상대적으로 값비싼 한국농산물의 시장위축을 불가피하게 하고 있다.

8 화옹 간척지의 유리온실 사업에 진출했던 동부한농그룹은 전농 등 일부 농민단체의 반대로 사업을 접고 철수했으며 LG CNS가 새만금 간척지에 대규모 스마트 팜을 세우겠다는 계획도 농민단체의 반대에 막혀서 주춤거리고 있다.

9 값이 비싸더라도 국산농산물을 구매하겠다는 의견은 2006년의 36.0%에서 2016년에는 32.8%로 낮아지고 있다. KREI, 농정포커스 제139호 「농업·농촌에 대한 2016년 국민의식 조사」

FTA 협정 이행에 따라 수입농산물의 국내도착가격이 점차 하락하게 됨에 따라 국내 농산물의 가격하락과 수익성 악화 사태는 앞으로도 이어질 수밖에 없다. 여기에다 고령화 등 농업 인력의 질적, 양적 부족 사태와 함께 농업부문에 대한 신규투자 부족과 소비자의 국내농산물에 대한 우호적 인식의 후퇴마저 가세하면서 한국농업의 위축은 가속화되어 망하는 길로 점차 들어서고 있다.

농업 망하면 나라도 망한다는 것은 역사적 진실이다

메소포타미아 문명이 번성했던 티그리스강과 유프라테스강 사이에 아카드Akkad라 불리는 강력한 고대국가가 어느 날 갑자기 멸망했다. 아무런 기록도 남기지 않은 채 역사에서 사라진 아카드제국의 멸망 원인은 최근에 「가뭄과 한랭한 기후」 탓이었음이 밝혀졌다. 농작물 생산이 망해서 먹을 것이 없어진 곳의 제국은 사라질 수밖에 없었던 것이다.

고대 인도문명이 번성했던 인더스강 유역의 인더스 문명국가 모헨조다로는 기원전 1500년경에 몰락해서 역사 속으로 사라졌다. 강대하고 화려했던 인더스문명이 멸망한 가장 큰 이유는 「대가뭄」이었다. 대가뭄으로 건조화 된 토양에서 노출된 염분으로 인해서 농작물 생산기반이 붕괴됨에 따라 농업이 붕괴되었고 농업이 무너진 문명 또한 몰락할 수밖에 없었다.

중미의 마야문명의 붕괴와 마야인의 증발 역시 그 원인이 대가뭄이었다는 사실도 최근(2003)에야 밝혀졌다. 910년에 발생했던 이 지역의 극심한 가뭄으로 마야인의 주식인 옥수수농사는 궤멸되었고 농업이 무너진 문명은 멸망해서 역사 속으로 사라졌다.

인류문명의 기원을 열었던 메소포타미아, 인더스, 마야 문명의 몰락을 초래한 공통 원인이 농업의 붕괴라는 사실은 인류에게 가장 기본적인 먹거리 문제가 해결되지 않은 문명사회는 망해서 역사 속으로 사라질 수밖에 없는 역사적 진실을 입증해주고 있다.

「농업이 붕괴되면 나라도 망한다」는 명제는 비단 고대문명만의 문제로 그치지 않고 현대사회에서도 계속해서 일어나고 있는 사실이다.

2011년 11월 북아프리카 튀니지에서 발생한 자스민 혁명Jasmine Revolution은 밀농사의 실패로 국민의 주식인 빵 값 상승문제가 벤알리 독재정권의 퇴진을 요구하는 민주화혁명으로 발전했고 이는 이웃의 이집트(2011.1), 리비아(2011.1), 바레인(2011.2), 예멘(2011.2), 알제리(2011.3), 지부티(2011,4) 요르단(2011.4) 등으로 불길처럼 번져서 아랍혁명으로 이어졌다. 아랍혁명의 맨 마지막 주자는 시리아로서 대통령 하야(2011.5)로 결론 났지만 정부군과 반군으로 갈라져 아직까지 내전 중이다. 최근에는 수많은 시리아인들이 조국을 탈출하여 유럽으로 몰려드는 시리아 사태로까지 진전되고 있다.

왜 시리아인들은 고난을 무릅쓰고 조국을 탈출하고 있을까?

수니파와 시아파로 갈라져서 주변국의 대리전 성격으로까지 변질된 정부군과 반군의 치열한 내전을 피하기 위한 목적도 있을 수 있다. 그러나 보다 근본적인 이유는 「기후변화로 인한 농업의 붕괴」에서 찾아야 한다는 견해가 설득력이 높다. 2007년부터 2010년까지 시리아를 덮친 최악의 가뭄으로 농업생산기반이 무너진 시리아 국민들이 먹고살기 위해서 목숨을 걸고 유럽으로 넘어가고 있는 것이다.

근본적인 농업정책의 혁신이 필요하다

농산물 무역자유화는 국제경쟁력이 취약한 한국농업의 위축을 지속적으로 강요하는 엄청난 위력을 발휘하고 있다. 농산물의 시장개방 확대에 대응하여 김영삼 정부의 42조 원 구조개선대책을 필두로 해서 역대 정부는 다양한 제목의 개방대응정책을 수립·시행해 왔다. 그러나 한국농업의 위축 추세는 여전히 진행형이다.

세계 각국은 농업생산을 통한 농민의 소득증대뿐만 아니라 농업·농촌이 보유하고 있는 다양한 기능을 유지·발전시키고 농촌이 보유하고 있는 잠재적 자원을 복원 또는 보전하는 등의 다양한 정책수단을 선택하는 방향으로 농정 전환을 서두르고 있다.

시장가격의 크기로 환산되지 않는 농업의 다원적 기능의 크기는 계측하는 방법에 따라서 다르지만, 농업생산액의 크기보다는 대략 2~4배 큰 것으로 알려져 있다. 대표적으로 국토와 환경보전기능, 식량안보기능 및 한계자원 고용기능들의 경제사회에 기여하고 있는 가치의 크기를 시장가격의 크기로 환산시킨 선행연구의 결과가 그러하다. 이러한 다원적 기능은 농업의 위축과 함께 동반되어 위축되기 때문에 세계 각국에서 다원적 기능 보전을 위한 농정 전환이 이루어지고 있는 것이다.

역대 정부는 농산물시장 개방에 대응하기 위하여 그동안 농업경쟁력 향상과 개방피해 보전 등을 목적으로 하는 농정개혁을 추진해 왔다.

그러나 아랫돌 빼서 윗돌 괴는 방식으로 진행된 현재까지의 농정개혁으로는 경쟁력을 바람직한 수준으로 향상시키기도 어렵고 다원적기능 보전도 기대할 수 없다. 이에 따라서 전면 개방시대의 농업을 되살리기를 기대하기는 어렵다. 또한 농업이 망한 바탕 위에서 나라를 되살리기도 역시 어렵다.

어떻게 농업을 되살려 낼 것인가?

무엇보다도 먼저, 토지와 노동력의 집약적인 이용방식에 의존해서 생산된 농산물을 인근의 내수시장에 내다파는 소농적 영농질서를 근본적으로 개혁해야 한다. 농업자원 결합구조를 토지와 노동집약적 이용방식에서 자본과 기술 집약적 이용방식으로 전환시켜서 생산성과 품질을 획기적으로 향상시켜야 한다.[10] 이를 통하여 우리 농산물의 주력 시장을 내수시장에서 수출시장으로 전환시켜야 한다.

다음으로, 농업생산 중심적이고 농가소득 중시적이던 전통적인 농업정책을 환경보전과 농촌공동체 유지 및 농촌의 다양한 산업발전 등 농업·농촌의 다원적 기능 중시적인 농정으로 전환해야 한다.

10 경제 발전에 따라 자원가격의 변화가 진행되고 있다. 공급이 제한적인 지대의 임금은 오르는 대신에 자본과 기술 값은 내리게 된다. 이에 따라 자본과 기술을 더 많이 사용하는 농산물의 생산비는 낮아지게 되어 경쟁력이 커지게 된다. 시장개방과 진전에 따라 토지와 노동력 의존적인 소농생산질서가 전세계적으로 위축되고 있는 것이 이 때문이다.

PART 02

정치를 바로 세워야 한다

후진적 정치풍토부터 바꿔야 한다

권위주의적 정부 시스템도 동반 몰락하고 있다

최순실 사태는 국가권력의 정점頂點에 자리하는 대통령이 자신의 국정연설문에서부터 인사人事 문제에 이르기까지의 중요한 나랏일을 장막 뒤에 있는 사사로운 측근의 의견을 들어서 결정해 온 일에서 비롯되었다. 대통령의 의사결정에 영향을 미치는 비선秘線세력의 존재를 의식한 청와대 참모들과 행정부의 관료들이 비선의 관심사항을 충족시키는 방향으로 아부阿附한 결과가 비선의 국정농단으로 이어지게 되었다. 비선에 의한 국정의 왜곡은 기업에 대한 모금 조성과 비선의 사사로운 치부致富로 까지 이어졌다. 기업들은 정부의 각종 인허가認許可에 어려움을 겪거나 향후의 기업운영에 불이익을 받을 것이 두려워서 자발적으로 거액의 기금을 출연했다고 한다. 그러나 기금조성 과정에서 대통령이 일정부분 개입한 정황도 드러났다.

"이게 뭐냐?" 국민들은 분노하여 거리로 뛰쳐나왔다.

대통령이 만들어내고 있는 '좋은 정책'에 대한 믿음에 큰 구멍이 생겼기 때문이다. 당대 최고의 엘리트 집단의 정책 자문에 의해서가 아니라 시정잡배의 의견을 보태 만들어진 대통령 말씀에 귀기울여 살아온 지난 세월이 어이없고 부끄러웠기 때문이다.

부모, 자식 등 직계가족 하나 없는 외로운 독신 대통령이 오로지 나라 잘되기만을 바라면서 밤잠을 설치면서 중요한 의사결정을 하고 있다고 민초들은 굳게 믿었다. 그래서 대통령을 지지하고 말씀만 잘 따르면 북핵위기도, 경제위기도 끝내 극복할 수 있으리라고 믿었다. 그래서 갖은 어려움 속에서도 변함없이 대통령의 편에 서서 응원해 왔다. 그런데 이게 도대체 말이 되는 소리냐?

무자격자 최 씨의 국정농락은 우리나라 헌법질서의 바

탕을 짓밟은 것이다. 최 씨 등은 천박한 사리사욕에 국가 권력을 동원하고 이용했다. 그것을 방조하고 엄호한 게 박 대통령이었다. 대통령의 퇴진을 요구하는 100만 명 촛불시위가 10주째 계속되었다. 대통령의 권위는 땅에 떨어졌고 희화화戲畫化됐다. 마침내 국가공권력의 최고책임자인 대통령이 검찰에 의해서 범죄피의자로 기소되는 참담한 사태에 이어 국회에서 탄핵이 의결되어 헌법재판소의 결정을 기다리는 처지가 되는 일마저 벌어졌다.

국민들은 분노하면서도 불안해하고 있다. 그러나 분명한 것은 정부 수립 이래 면면히 이어져 내려왔던 권위주의적 정부 시스템이 박근혜 대통령의 몰락과 함께 동반몰락하고 있다는 것이다.

여당은 사태수습 방안과 탄핵처리 결과를 두고 지리멸렬 상태로 빠져들고 있다. 이 통에 대한민국의 건국과 산업화에 이은 정보화 경제성장을 이끌어온 보수保守파 정치세력이 분열되어 동반 몰락하고 있다. 야권은 사태 수습 방안으로 거국내각을 요구하다가 대통령 2선 후퇴로 입장을 바꾸더니 탄핵이 국회에서 의결된 이후에는 대통령 즉각 하야를 주장하고 있다.

여·야당 정치권이 정치공학적인 주판알을 굴리면서 국정 공백 사태의 장기화를 방치하고 있는 사이에 나라 살림이 표류하고 있다.

사상 최대 규모(400조 원)로 편성된 2017년 예산안이 국회 예결위에서 제대로 된 토론이나 검증과정이 생략된 채 그 규모가 확정되고 있는 일마저 벌어지고 있다. 여야로 나뉘어 피터지게 싸워온 법인세 인상 문제와 복지예산 증가 문제 그리고 정부와 시·도교육청 간의 갈등의 초점이었던 누리예산 등 현안 과제도 어영부영 주고받기 속에 결론이 났다.

국민의 삶과 국가 정책에 영향을 미칠 나라 살림을 몇몇 국회의원(예결위 소위)의 손에 전적으로 맡겨놓은 국정 공백 사태가 초래할 잘못된 결과는 온전히 국민들이 지게 된다. 이게 제대로 된 나라냐?

정치선진화 로드맵Road map이 나와야 한다

대통령책임제 하에서 대통령이 힘을 잃고 일손을 놓고 있는 유고有故 상태가 몇 달째 계속되고 있다. 그런데 우리 정치권은 하야니, 탄핵이니 하면서 이합집산離合集散을 거듭하면서 국정 공백 상태의 최소화에는 무관심한 태도를 보여 왔다.

트럼프 미국대통령 시대가 몰고 올 것으로 예상되는 보호무역주의와 미국우선주의 등 대한민국의 미래 모습을 결정할 중요 현안 과제가 산적해 있다. 그러나 대통령은 어제의 대통령이 아니다. 그가 퇴진을 거부하고 탄핵안이 현재에서 기각되어 임기까지는 그 직에 살아남는다고 해도 이미 대통령에 대한 신뢰와 권위는 땅에 떨어졌으므로 식물대통령 신세를 면치 못하는 과거의 대통령일 뿐이다.

국민들은 정치권에게 이번 사태의 구체적인 치유책을 내어놓으라고 요구하고 있다. 그것이 헌법개정이든, 제도개선이든 간에 국민들의 무너진 자존심과 정치 불신감을 회복시킬 수 있는 한국정치 선진화의 로드맵을 내어놓으라는 거다.

대한민국은 정부수립 이래 시장의 자유를 중시하는 보수정치세력이 집권하면서 나라를 다스려 왔다. 보수적 집권세력은 정부가 주도하는 친시장적인 경제정책을 통하여 대한민국을 절대빈곤 상태로부터 반세기만에 선진국의 문턱으로 끌어올리는 데 성공했다. 그러나 소위 선성장先成長 후분배後分配의 논리를 앞세우고 이룩한 경제의 고도성장의 뒤안길에서 차곡차곡 쌓여 왔던 불만과 부작용이 드러나기 시작하였다.

계층 간, 산업 간 불균형 성장에 의한 격차가 현저해지면서 시장경제체제에 대한 사회적 불만이 분출되기 시작하였다. 드디어 2008년 자본주의적 시장경제 선진국인 미국에서 '리먼부라더스' 사태로 촉발된 국제금융위기는 시장경제질서의 최대 약점을 극명하게 노출시킨 사건이었다.

"99% 시민의 가난을 딛고 이루어진 1% 시민의 부富"로 상징되는 분배의 불평등을 시정해야 한다는 사회적 요구를 수용하여 성장 위주의 차디차고 낡은 보수의 가치를 가난한 자를 보다 적극적으로 고려하는 따뜻한 보수로 전환해야 하는 일이 가장 먼저다. 압축경제성장 시대를 관통해 온 정경유착政經癒着의 고리를 끊어내기 위해서는 대통령 1인에게 집중된 권한을 합리적으로 분산시키는 일이 다음이다.

인사권과 검찰권을 휘두르는 대통령이 재벌들을 비롯한

주요 기업인들을 만나서 손쉽게 통치 자금을 조달하여 그 돈으로 소위 VIP 관심 사업을 추진하겠다는 개발독재 시대로부터 이어 내려온 정치관행 자체를 끊어내야 한다. 정의와 공정성을 열망하는 사회적 분위기에도 불구하고 반칙과 갑질 속에서 몰염치하게 치부하는 정상배政商輩들이 발붙일 자리 자체를 없애야 한다.

역대 정권은 지난 30년간 검찰과 국세청 같은 기관을 동원하여 기업들에게 돈 뜯기와 인사개입 등을 반복해 왔다. 소위 VIP 관심사항이란 명패를 달고 '대북송금', '미소금융', '미르 · K스포츠' 같은 국책사업들이 기업을 옥죄어 왔다. 최순실 사태의 장기화로 국정의 공백 사태가 길어지고 있는데도 정치권은 사분오열되어 나라를 이끌 비전과 정책, 그리고 국민을 설득할 도덕성과 리더십을 상실한 채 갈라지고 표류하는 한심한 모습을 연출하고 있다.

경제 발목잡기를 넘어서 사회전반의 혼란을 증폭시키고 있는 우리나라의 후진적 4류 정치풍토를 확 바꾸지 않으면 나라의 밝은 내일은 기대하기 어렵다. 비록 야당들은 최순실 사태로 대통령의 퇴진을 요구하면서 촛불시위를 이끌고는 있지만 그들이 바로 정권을 잇는다고 하더라도 국정관리 시스템이 더 나아질 것이란 기대는 하기 어렵다. 왜냐하면 지금의 무능하고 무책임한 후진적 정치 풍토가 바로 잡아진다는 보장은 어디에도 없기 때문이다.

무사안일적 공직풍토를 확 바꾸어야 한다.

대한민국의 공직사회는 절대빈곤국가를 반세기 만에 세계 10대 경제강국으로 바꾸어낸 역사적인 역할을 성공적으로 수행해 왔다. 그러나 개발독재 시대를 거쳐 오면서 그리고 제왕적 대통령제도하에서 인사권을 장악한 권력자의 지시에 무조건 굴종하고 침묵하는 무사안일無事安逸의 근무 풍토가 독버섯처럼 퍼져서 기저에 자리잡고 있다.

만약에 대통령 주변에 자신에게 주어진 책무를 깊이 이해하고 이를 실천하는 공직자가 몇 사람만 있었어도 비선에 의한 국정농단은 막을 수 있었을 것이다. 그러나 대통령을 지근至近거리에서 보좌하고 있는 청와대 참모진이나 내각의 공직자들 중에서 그러한 모습이나 흔적을 전혀 찾을 수 없었다는 것이 불행 중 불행이었다.

아무리 우둔한 대통령[11]이 쓴소리하는 인사를 주변에서 물러나게 하고 굴신屈身의 달인들로만 자기주변을 채우는 결정을 했다고 가정하더라도 공직사회가 이렇게 무능하고 무책임하면 이 나라는 어디로 가야 하는가?

지금과 같은 혼돈기는 역설적으로 대한민국의 후진적인 정치풍토를 바로잡을 수 있는 절호의 기회로 작용할 수 있다. 국정 공백 사태가 장기화되고 있는 지금의 정치력 부족 시대는 역설적으로 대한민국의 번영을 일구어왔던 공직사회가 뼈저린 반성을 통하여 새로운 공직풍토를 세울 수 있는 기회로 만들 수도 있다.

후진적인 정치풍토 속에서 제왕적 대통령과 강력한 국회의 압박을 받아 쪼그라들고 왜곡되어진 공직풍토가 최순실 사태를 계기로 하여 거듭날 수만 있다면 새로운 대한민국의 내일을 열어나갈 계기를 잡을 수 있다.

11 대통령은 최순실이 비리를 저지르고 다니는 것도, 블랙리스트가 있다는 것도 그리고 임기 동안에 추진했던 소위 VIP 관심사업이 측근의 축재사업으로 변질되고 있었는지를 몰랐던 것으로 검찰에서 변론한다고 한다. 대통령의 주장이 옳다면 최소한 현인은 아닌 것 같다

올바른 정치란 무엇인가?

국민들의 마음을 평안하게 하는 것이 좋은 정치다

많은 국민들이 '대통령 퇴진'을 외치며 촛불을 들고 광장으로 모였다. 또 다른 국민들은 '탄핵무효'를 외치며 태극기를 들고 역시 광장으로 모였다. 광장정치판이 열렸다. 현직 대통령이 시위의 표적이 되었고 현직 국회의원과 야당의 대통령 후보 등 유력 정치인들이 시위를 독려하고 시위를 이끌었다.

'촛불시위'와 '태극기시위' 모두 현직 정치인이 표적이 되거나 현직 정치인의 사주使嗾나 독려督勵에 의해서 진행됐다. 정치가 국민들은 평안하고 행복하게 만들어주기는커녕, 불안하고 불행하게 만들고 있는 것이 오늘날의 대한민국 정치현장의 모습인 것이다.

정치란 타인他人에게 좋은 것 즉, 선善을 증진하는 행위라고 동서양의 대표적인 현자賢者들은 정의한다. 한 사회에 속한 모든 사람들이 고루 잘살게 함으로써 널리 사람을 이롭게 하는 것이 올바른 정치의 실현이다. 오늘날의 한국 정치는 그런 면에서 낙제점을 받아야 한다. 나아가 3류, 4류 정치라고 비난받아 마땅하다. 왜냐하면 정치가 국민의 안녕과 행복을 염려해주는 것이 아니라 오히려 국민들이 나서서 정치인들이 행하는 정치를, 그리고 나랏일을 걱정해주고 있기 때문이다.

공자孔子는 좌전左傳: 春秋左氏傳에서 "이로움으로 백성들을 평안하게 만드는 것이 정치의 큰 줄기"라고 설파했다.(利以平長政之大節也) 즉, 좋은 정치란 백성들의 마음을 평안하게 만드는 것이다. 또한 공자는 「論語」에서 "정치가 정의롭게 행해지는 나라에 살면서 가난하고 천박하게 사는 것은 부끄러운 일이다. 그러나 불의不義가 행해지는 나라에 살면서 부귀와 권세를 누리는 것은 더 부끄러운 일이다."라고 설파했다. 공자에 의하면 정의가 행해지는 나라에서는 가난이 없다는 것이다. 가난한 자와 부유한 자가 갈등을 빚고 사는 나라, 그리고 권력에 빌붙어서 무언가 떳떳하지 못한 행위를 통해서 부자가 될 수 있는 나라는 올바른 정치가 행해지는 나라가 아니라는 것이다.

고대 그리스 철학자 플라톤은 「국가」에서 "정치란 선과 진리를 자신의 삶에 결집시킬 수 있는 철인哲人이 나서서 타인을 구제하고 정의로운 사회를 건설하는 것이다."라고 정의하였다. 그는 정치란 본질적으로 자기 이익이 아니라 "타인에게 좋은 것, 즉 선善을 베풀기 위한 행위이며 단순히 권력을 얻기 위한 수단이어서는 안 된다."고 경계하였다. 플라톤은 "선과 진리를 자신의 삶에 결집시킬 수 있는 현명한 자 즉, 철인哲人에게 정치를 맡겨야 한다."고 주장하였다. 아리스토텔레스 역시 그의 저서 「윤리학」에서 "정의란 전체를 이롭게 하는 덕德이고, 정치란 이런 정의를 실현시키는 행위"라고 정의하였다. 여기에서 "정의란 시민사회에 행복을 가져오고 또 이를 수호하는 덕행"들을 지칭한다.

따라서 정치인 또는 정치인 집단(정당)들은 타인 즉 국민들에게 좋은 것善을 계속해서 제공해주기 위하여 어떤 경제체제를 그 사회에 적용할 것이냐 하는 문제를 집중적인 논의를 통하여 결정하고 또 선택된 경제체제를 개선하는 활동을 계속하게 된다. 즉, 타인에게 이롭고 백성을 평안하게 만들 수 있는 경제체제를 현명한 철인哲人들로 구성된 정치인들이 논의해서 결정하고 개선해 나가는 행위가 바로 정치 활동의 본질인 것이다. 그렇다면 오늘날 한국 정치인들의 주요 관심과 논의 사항은 좋은 정치활동의 본질과 얼마나 거리가 벌어져 있는 것일까?

더 좋은 정부를 위해 자본주의는 진화해 왔다

정치인들은 더 좋은 정부를 세우기 위해서 끊임없이 노력해 왔다. 왜냐하면 좋은 정부체제를 보유한 국가는 국민들에게 보다 좋은 생활수준을 제공해줄 수 있는 반면에, 좋은 정부체제를 보유하지 못한 국가는 국민의 삶의 질을 개선하기 위한 온전한 기능을 수행하지 못하기 때문에 국민들에게 상대적으로 불행한 삶을 살도록 강요할 수밖에 없기 때문이다.

예컨대, 일본의 식민지 통치로부터 해방된 이후 남·북한은 서로 다른 경제체제를 도입함으로써 지난 반세기 동안 체제의 우월성을 경쟁해 왔다. 그 결과는 남한의 완벽한 승리로 결론 났다. 시장경제체제를 선택한 남한의 국민총소득GNI은 사회주의 경제체제를 선택한 북한의 그것보다 44배나 커졌고 국민 1인당 소득도 21배나 격차가 벌어졌다. 남북한의 벌어진 경제력 차이만큼 남북한 주민의 삶의 질도 차이가 벌어졌다. 해마다 늘어나고 있는 탈북민의 숫자가 이를 입증한다. 시장경제체제를 선택한 남한 정부의 정치가 사회주의적 계획경제체제를 선택한 북한 정부의 정치보다 백성을 이롭고 평안하게 해주는 데 훨씬 효과적이었다는 것이다.

민주주의와 함께 자본주의적 시장경제체제를 선택하여 발전시켜온 유럽 나라들은 좋은 정부체제를 만들기 위해서 그동안 세 차례의 극적인 정부 변화(혁명이라 칭함)를 겪었으며 현재는 제4의 혁명이 진행되고 있다.[12]

제1의 혁명은 17세기 유렵의 왕자들이 경쟁적으로 중앙

---

12 제4의 혁명(The Fourth Revolution, John Micklethwaite Adrian Wooldridge 2014) 2015. 3 (주) 21세기 북스

집권적 국가를 세운 시기에 일어났다. 유럽대륙에서 경쟁하던 중앙집권국가들은 발전하는 정부 시스템을 만들어냈다. 처음에는 고대국가로 시작해서 다시 기업가 정신이 살아 움직이는 자유민주국가로 발전했다. 이러한 정부 시스템의 발전을 통하여 서양은 세계의 다른 지역들보다 확실히 앞서 나갈 수 있었다.

제2의 혁명은 18세기 말부터 19세기 중에 일어났다. 이 혁명은 프랑스와 미국에서 시작된 후 유럽 전역으로 확산되었다. 정부에 만연한 정실주의(부패)를 청산하고 능력을 중시하는 동시에 책임감 있는 정부로 바꾸기 위한 정치 혁명으로 개혁적 자유주의자들이 혁명을 주도했다. 특히 영국의 빅토리아 여왕 통치시대하에서 효율성과 자유를 강조하면서 국가는 시장개입을 최소화하되, 국방과 외교, 치안 등 질서유지 책임만 맡는 자유방임주의적인 국가관으로 자본주의 초기의 자유주의 정부 형태를 지향했다.[13]

13 존 스튜어트 밀(John Stuart Mill) 같은 사람이 제기한 야경국가는 정부 규모는 작았지만 더 유능했음은 확실하다. 30년 동안에(1816~1846) 영국 인구는 50% 가까이 늘어났고 근대경찰제도를 도입하는 등 서비스를 개선하였지만 국가 세수는 25%(8,000만 파운드 → 6,000만 파운드) 가량 감소했다.

19세기 후반, 교육이나 의료서비스를 제대로 받지 못하는 육체노동자에게 자유가 무슨 의미가 있는지를 지속적으로 제기한 진보주의자들은 마르크시즘을 추종하는 중국과 러시아 등 공산주의 국가의 일탈과 함께 모든 국민들에게 생활수준의 개선을 약속하는 제3의 혁명, 즉 근대 복지국가가 태동할 수 있는 길을 열었다. 서양의 정부들은 작은 정부 체제로부터 큰 정부체제로 서서히 전환하면서 국민들에게 교육과 의료서비스 등 복지 혜택을 더 많이 누릴 수 있는 기회를 확대해 나갔다. 국민들에게 복지 혜택을 더 많이 제공할수록 정부지출은 늘어나게 된다. 미국의 경우 정부지출이 국내총생산GDP에서 차지하는 비율은 1913년의 7.5%에서 1937년 19.7%, 1960년 27%, 2000년 34%, 2011년 41%로 점차 높아졌다. 또한 영국의 경우에도 1913년 13%에서 2011년 48%로 높아졌다.[14]

14 Vito Tanzi and Lunger Schuknecht, "Public Spending in the 20th Century", Global Perspective, N.Y. Cambridge University Press. 2000.

정부팽창시대, 즉 큰 정부시대는 이제 끝났다

정치인들은 유권자들의 지지기반 위에서만 살아남을 수 있다. 따라서 유권자들이 원하는 것을 더 많이 주기 위해서 노력하게 된다. 안보와 교육 및 건강관리, 각종 연금과 사회보장제도 등 복지서비스는 유권자의 환심을 사기위한 정치인들의 경쟁적인 노력의 결과 갈수록 질과 양 측면에서 모두 커졌다. 이에 따라 정부 서비스는 매년 확장을 거듭해 왔고 커진 정부를 뒷받침하기 위해서 국민의 세금부담增稅은 늘어났으며 부족한 재원財源을 충당하기 위해서 불가피하게 정부 채무의 확장이 뒤따랐다. 이 결과 대부분의 선진국들은 과도한 국가채무를 지게 된 것이다.[15]

유권자들은 항상 더 많은 정부 서비스를 제공하겠다는 정치인을 찾아 투표하게 된다. 그러나 이를 실현하기 위해서 결국 더 많은 세금을 부담해야 한다는 사실에는 반발하고 분개한다. 결국 정부는 세수稅收부족 현상을 타개하기 위해서 부득이 정부 부채를 늘려나갈 수밖에 없었다. 정부 부채는 언젠가는 갚아야 된다. 그러므로 미래 세대가 갚아야 할 빚으로 현재 세대에게 더 많은 정부 서비스를 제공하는 것을 현재의 정치인이 조장助長하거나 묵인默認하고 있는 셈이다. 이미 대부분의 유럽 국가들은 심각한 재정 위기에 처하고 있으며 국가부도 사태를 모면하기 위해 허덕이고 있음도 잘 알려진 사실이다. 따라서 현재의 큰 정부 체제의 변화는 불가피하다. 변화가 시작되면 재정난에 빠진 정부는 정부 서비스를 줄여나갈 수밖에 없다.

그러나 유권자들은 기존에 누렸던 사회적 권리를 계속 유지하고 싶어 하고 납세자들은 납부한 세금보다 더 많은 가치를 정부로부터 뽑아내고 싶어 한다. 특히 기득권을 쉽게 포기하지 않으려는 강성노조强性勞組까지 가세할 경우 사회적 갈등은 증폭되어 사회가 큰 혼란 상태로 빠져들 수도 있음을 남유럽의 그리스 사태로부터 우리는 볼 수 있었다. 그렇지만 분명한 것은 정부팽창 시대는 이미 끝났다는 것이다.

---

15 미국은 재정위기를 피할 수 있는 시간적 여유가 다소 있지만, 유로존의 재정위기는 눈앞에 닥친 생생한 현실문제가 돼 있다. 미국 정부는 1960년 이후 불과 5차례만 재정흑자를 달성했고 프랑스정부는 1975년 이후 40년 동안 단 한 차례도 흑자재정을 운용한 적이 없다. 이에 따라서 2011년 말 11조 달러였던 국채 발행규모는 2012년에는 43조 달러로 늘어났다.

인구 고령화 현상으로 갈수록 늘어나게 될 복지 혜택을 과다한 국가 채무로 허덕이는 정부가 더 이상 감당할 수가 없기 때문이다. 경제가 침체의 늪에 빠지는 것을 막기 위한 정부의 일시적인 공적 지출 확대는 불가피한 측면이 있다. 그러나 관성적으로 늘어나는 복지 지출로 과부하過負荷가 걸린 현대정부는 궁극적으로 민주주의 자체를 위협하게 된다.

정부의 책임이 늘어날수록 업무 분야는 넓고 깊어지는 대신에 관리들의 업무 추진 성과는 조악粗惡하게 되어 국민의 실망과 분노는 더욱 커지게 된다. 이에 따라 국민은 더 많은 정부 도움을 요청하게 되고 정부는 더욱 커질 수밖에 없다. 재정 감당 능력을 초과해서 커진 정부는 조만간 파산할 수밖에 없고 정부의 파산은 민주주의의 후퇴로 귀결된다. 결국 국민에게 보다 낳은 정부 서비스를 제공하기 위한 목적으로 발전해 온 근대 복지국가 지향적인 큰 정부 체제는 궁극적으로 국민의 자유마저 위협하게 된다. 이것이 복지 수준의 확장을 추구하는 큰 정부 체제 즉, 복지 우선지향적인 진보 정치의 결과가 결국 맞닥뜨리게 되는 악순환의 모습인 것이다.

그리스에서 시작하여 스페인, 이태리, 포르투갈 등 남부 유럽 국가들로 번지고 있는 재정 위기에 이은 국가부도 사태가 정부 지출을 줄여나가는 작은 정부로의 변화로 향하는 제4혁명의 시발이다. 과도한 인기 영합적(포퓰리즘) 선심 정책 때문에 재정이 거덜나게 된 베네수엘라, 브라질 등 남미 좌파정권의 연이은 정권붕괴가 제4혁명의 바통을 이어 받았고 감세減稅와 미국우선주의를 내걸고 당선된 트럼프 미국대통령의 등장이 제4혁명의 위상을 세계 정치의 새로운 대세로 자리 잡게 할 것이다.

간단히 말하자면 국민들의 기본적인 최저생활 수준을 보장해주기 위해서 탄생되었던 큰 정부 체제는 최저생활 수준에 너무 많은 것을 포함시키는 과욕過慾을 부린 결과 국민들의 가난, 정부 의존성, 범죄 또는 절망을 줄이지 못한 채[16] 정부 채무만 늘려오는 정책 실패로 귀결되고 있다.

---

16 N. Ferguson,「Civilization: The Six Killer Apps of Western Power」N.Y. Penguin books, 2012

좋은 정치란 어떤 정치일까?

정치란 정치인 또는 정치인 집단 자신이 아닌 타인(국민)에게 좋은 것善을 증진시키기 위해서 행하는 행위의 집합이다. 그러나 국민의 최저생활 수준을 보장하기 위하여 소위 포퓰리즘적인 정책을 개발하는 것까지는 좋다. 그러나 이를 위한 재원 확보를 위해서 정책 수혜자인 현재의 국민뿐만 아니라 국가채무 증가를 통하여 미래세대의 부담을 늘려갈 수밖에 없는 선택을 하게 된다면, 그래서 정부가 커지고 정부채무도 팽창해 간다면 올바르고 좋은 정치라 할 수 없다. 더구나 막대한 정부부채로 인해서 큰 정부가 파산되면 결국 민주주의도 후퇴할 수밖에 없다. 이에 따라 현재와 미래 세대들의 자유마저 억압하게 된다면 더더욱 올바른 정치가 아니다.

그러나 지나치게 큰 정부 체제가 올바르고 좋은 정치가 아니라고 해서 지나치게 작은 정부가 올바른 정치가 이루어진다는 것은 아니다. 작은 정부 체제 하에서는 시장의 독점화와 함께 소위 1%와 99%의 문제가 상징하듯 소수의 부자富者와 다수의 빈자貧者로 구성되는 소득 양극화 문제가 불가피하게 발생되기 때문이다.

정부 서비스가 열악한 아프리카에 정착하여 살기를 원해서 선진국을 떠나는 사람들은 없다는 사실은 작은 정부 체제가 좋은 정치를 국민들에게 베풀지 못하고 있음을 반증한다. 그러므로 교육과 의료 및 복지수준 향상을 위한 적절한 공공서비스를 국민들에게 제공할 수 있어야 좋은 정치가 행해지는 나라의 반열에 오를 수 있다.

보수우파냐 진보좌파냐

나는 보수냐, 진보냐, 아니면 중도냐

최순실 사태로 유발된 광장정치가 10주째 이어지고 있는 동안에 서울 시민들은 너 나할 것 없이 광장정치에 참여해 달라는 초대를 다양한 통신 수단을 통하여 몇 번쯤은 받았던 경험이 있을 것이다. 혹은 촛불집회에 혹은 태극기집회에….

촛불집회로 초대한 사람들은 진보성향이고 태극기집회로 초대한 사람들은 보수성향임이 분명하다. 그래서 한 번쯤 고민에 빠졌을 것이다. 나는 진보일까, 아니면 보수일가? 이도 저도 아니면 정치권에서 유행하고 있는 중도파일까?

지금 우리가 살고 있는 세상은 1980년대 초반에 등장하여 전 세계에 걸쳐서 폭넓게 자리를 잡고 있는 신자유주의 경제체제가 지배하고 있다.

신자유주의는 정부의 과도한 시장 개입을 비판하는 작은 정부 체제를 지향한다. 신자유주의는 조세감면과 규제완화를 통하여 시장의 자유로운 경쟁을 보장함으로써 경제의 효율성을 높여서 경제발전을 효과적으로 실현시킨다. 신자유주의 경제체제가 비록 "1%의 부자와 99%의 빈자"의 문제로 상징되는 소득양극화 문제 등 여러 가지 문제점을 야기하고는 있지만 그나마 인류가 고안해 낸 가장 나은 제도이므로 현재의 신자유주의 경제체제를 그대로 유지해 나가야 한다는 입장을 가진 사람들을 일반적으로 보수라 분류한다.

이와 반대로 시장의 자유를 중시하는 신자유주의적 경제정책의 결과에 의해서 야기된 소득양극화 등 불공정하고 불평등한 사회현상을 교정하기 위해 즉, 경제민주화를 실현하기 위해 정부의 보다 적극적인 시장 개입을 요구하는 사람들이 진보적인 입장이다. 진보는 정부가 세금을 늘리고 이를 재원으로 하여 국민들의 복지수준을 높이고 경제적 약자들의 삶의 질을 개선하며 나아가서 사회의 빈부격차를 완화해서 사회적 갈등을 억제해 나가자는 입장을 취한다. 그런데 정부의 시장개입 강화를 추구하는 입장은 매우 다양하다. 후기자본주의와 공산주의, 사회주의, 사회민주주의도 모두 여기에 포함된다. 산업화를 비판하는 환경주의자 그리고 국가 자체를 비판하는 무정주의자들도 신자유주의에 기반을 둔 시장경제체제를 거부한다는 점에서 진보에 포함된다. 신자유주의를 공산당이 적대시하고 비판한다는 점에서 진보주의자들은 좌파 빨갱이로 불리기도 한다.[17] 그러나 후기자본주의체제는 공산주의와 근본적인 차이가 있다. 공산주의는 시장의 존재 자체를 인

17 좌파, 우파란 어원은 프랑스 의회에서 보수적 성향들과 진보적 성향의 의원 좌석이 의사당의 좌•우로 나뉘어 나온 말이라 한다. 김대중, 노무현 전 대통령들이 적극적인 정부의 시장개입을 주장한다는 이유만으로 공산주의나 빨갱이로 불리기도 했다. 자신의 재산과 기득권을 지켜내려는 사람들은 국민들이 거부감을 가지고 있는 공산주의를 후기자본주의와 함께 묶음으로써 국민들이 후기자본주의에 대해서도 거부감을 갖도록 유도한 결과가 좌파 빨갱이라는 용어의 출현 배경이라는 해석도 있다.

정하지 않는 체제인 반면에, 후기자본주의는 분명히 시장을 인정하는 신자유주의와 같은 자본주의의 또 다른 발전 형태인 것이다.

중도파는 보수와 진보의 중간 입장을 취한다. 중도파는 정부의 시장개입에 의한 복지강화 요구라는 측면에서는 보수보다는 강한 입장을 취하지만, 시장의 자유로운 경쟁을 보장해야 한다는 측면에서는 진보보다는 강한 입장을 취한다. 이러한 중도파의 입장은 보수적 입장의 배후세력인 자본가와 진보적 입장의 배후세력인 노동자의 요구를 적절히 수용하여 조율하는 합리적인 입장으로 비춰질 수도 있지만 실제 현실에서는 자본가와 노동자 양쪽 모두로부터 배척당하거나 비판 대상이 될 가능성이 높다. 실제로 중도정치를 표방하고 있는 영국 노동당에 대한 영국국민들의 낮은 호응도가 좋은 예가 된다.

자본주의 경제체제는 수정, 발전되어 왔다

경제체제는 선악의 문제가 아니다. 옳고 그름의 문제

가 아니라 효용과 이익에 관한 문제인 것이다. 어떤 경제체제가 우리가 사는 세상에 더 적합하고 더 유리한지를 치열한 논쟁을 통해서 국민들이 합리적으로 선택할 수 있는 게 좋다. 그러나 안타까운 일은 6.25동란 이후 북한이 선택한 경제체제인 공산주의에 대한 우리 국민의 혐오와 기피심리가 깊어져서 공산주의를 거론하는 것조차 사회의 이단아로 몰리는 분위기가 우리 사회에 조성돼 있었다는 것이다. 이런 점에서는 사회주의조차 예외가 아니다. 이 때문에 제대로 된 체제 논쟁은 진행되지 못했으며 국민들의 체제에 대한 인식수준도 놀랄 만큼 낮다.

정부개입에 의해서 국가주도의 경제발전을 추구한다는 점에서 공산주의와 사회주의는 비슷한 개념으로 사용된다. 그러나 사회주의가 보다 온건한 방식으로 사회를 개혁하려 한다면 공산주의는 보다 급진적이고 직접적인 방식으로 사회개혁을 시도한다는 점에서는 다르다. 즉 노동자에 의한 계획경제체제가 공산주의로서 사회주의 내의 급진적인 형태인 것이다. 자본주의 사회에서 갑자기 노동자 중심의 사회로 변화될 수가 없으므로 과도기적 단계로서 소수의 정치엘리트에 의해서 운영되는 국가 주도적인 계획경제

체제가 사회주의인 것이다.

경제체제는 시대 상황을 반영해서 결정된다. 초기자본주의는 산업혁명기 즉, 근대에 시작되었다. 초기자본주의 이론을 정립한 대표적 학자는 아담스미스였다. 그는 시장에서 자유로운 경쟁이 결국 사회 전체의 부를 증진시킨다고 보았다. 그러나 초기자본주의는 시장의 과열경쟁으로 인한 공급과잉과 소비위축의 문제에 직면하게 되었다. 아담스미스의 자유시장의 조절능력이라는 '보이지 않는 손'의 시장실패가 일어나서 끝내 대공황으로 표출된 것이다.

미국은 대공황 문제를 해결하기 위하여 수정자본주의를 선택했다.[18] 초기자본주의 경제에서 발생하고 있는 다양한 시장실패 문제를 정부개입 강화라는 수단으로 해결하고자 하는 수정자본주의는 영국의 케인즈가 대표적인 학자이다. 그는 시장의 자기조절능력을 과신하지 말고 정부가 적극적으로 개입해서 시장의 문제점을 해결해야 한다고 주장

18 수정자본주의는 후기자본주의로 불리게 된다.

했다. 즉 정부가 공공사업을 통해서 일자리를 창출해서 여기에 고용된 노동자들이 소비활동을 더 많이 하도록 유도한다. 다음으로 세금을 적극적으로 징수해서 재정을 늘려서 이를 공공사업의 자금으로 재사용한다. 이 과정에서 부富가 재분배되며 사회적 빈부격차가 줄어들게 된다는 것이다. 정부는 세금을 올리고 다양한 규제를 통해서 독과점을 견제하며 노동자의 임금개선 등 노동환경개선에 보다 적극적으로 나서게 되었다. 그러나 큰 정부 체제는 복지국가 건설이라는 과욕過慾을 부렸다. 정부가 국민들의 기본적인 최저수준의 복지혜택을 제공하는 것까지는 좋았는데 그 수준이 점차 높아진 게 문제였다. 중산층 납세자들은 분노하기 시작했다. 정부가 가난한 사람들과 범죄자들을 과잉보호하고 있다는 것이다. 예를 들어 복지급여는 개인의 책임감을 약화시키고 가난 속에 갇혀 있게 만드는 왜곡된 인센티브를 조장했다. 복지국가체제로 전환된 서양 전역에 걸쳐서 심지어 부유한 사회에서조차 젊은이들이 학업을 포기하고 사생아를 낳고 정부의 피보호자로 사는 경우마저 비일비재했다.

복지혜택이 커지면서 경제에 큰 부담을 주었다. '복지국가는 국민을 더 건강하게 만듦으로써 결과적으로 정부의 투자비용을 건질 수 있을 것'이라는 진보주의자들의 믿음이 깨지는 결과로 이어진 것이다.

1970년대 중반까지 영국의 국민소득 절반 가까이가 복지를 위한 공공지출에 사용되었다. 이로 인해 세금이 터무니없이 높아지자 납세자들이 증세增稅에 협조하지 않았고 이에 따라 정부채무는 늘어났다. 정부의 규모가 커지자 정부는 경제에 큰 부담을 주었고 기업 활동은 위축되었으며 경제는 날로 침체되어갔다. 큰 정부 체제에 의한 복지국가 건설을 추진하던 선진국 대영제국은 마침내 1976년 국제통화기금IMF으로부터 구제금융을 받게 되는 지경으로 내몰리게 된다. 또 다른 대표적인 복지국가 스웨덴은 1970년대에는 세계 제4위의 부국이었지만 1990년에는 그 순위가 14위로 떨어지게 된다.[19]

후기자본주의는 대공황 발생 이후에 큰 정부 체제로 탄

---

19 Daron Acemoglu and James Robinson, 「Why Nations Fail: The Origins of Power, Prosperity and Poverty」 New York Crown, 2012

생한 이후 냉전시대를 거쳐서 유럽의 일부 지역에서 복지국가 형태로 현재까지 유지되고 있다.

공산주의의 출발과 실패에서 얻는 교훈

러시아는 자본주의를 폐기하는 대신에 공산주의를 택했다. 생산수단(토지, 공장 등)을 소유한 자본가는 자본주의 경제체제하에서 많은 이익을 지속적으로 얻는 대신에 생산수단이 없는 노동자는 경제침체기가 아닐 때라도 희생을 감수할 수밖에 없다는 문제의식에서 공산주의는 출발한다. 공산주의는 마르크스K. Marx이론을 배경으로 한다. 마르크스는 역사를 계급 간의 갈등으로 설명하고 그 갈등의 끝은 모든 사람들이 평등해지는 것이라고 생각했다. 마르크스는 왕이나 영주와 같은 지배계급이 노예와 농노를 지배했던 것처럼 자본주의 사회에서는 생산수단을 소유한 자본가 계급(부르주아)이 노동자 계급(프롤레타리아)을 착취한다고 설명한다.

그러므로 생산수단을 특정계급이 소유하도록 허용하면 대다수 노동자의 빈곤을 피할 수 없다고 주장했다. 모든 노동자가 생산수단을 공동으로 소유해서 공동으로 생산하게 되면 지배관계가 사라진 이상적인 공산주의 사회가 탄생하게 되고 노동자 계급도 자유로워질 것이라고 주장했다.

인류역사에서 공산주의를 실현하려는 시도는 소련의 붕괴로 끝났다고 보는 게 옳다. 공산주의 실패원인에 대한 대표적인 의견은 다음과 같다.

첫째, 생산수단은 실체가 있는 실물이지만 국가는 실체가 없는 관념상의 존재이다. 관념적인 국가가 소유한 생산수단을 유지, 분배하는 존재는 결국 사람이다. 즉 국유화된 생산수단을 관리하는 소수의 권력자가 새로 발생함으로써 생산수단을 노동자계급(프롤레타리아)이 공동으로 소유한다는 것은 관념적으로는 가능하지만 실제적으로는 불가능하다. 따라서 생산수단의 공동소유에 의한 이상적 사회 건설의 꿈은 허상일 뿐이다.

둘째, 공산주의는 정부가 주도적으로 경제 전체를 이끌어 가는 계획경제체제이다. 복잡하고 예민한 시장의 상황을 소수의 정부 관료가 완벽하게 관리·조절한다는 것을 기대하기 어렵다. 따라서 시장의 왜곡이나 비효율성 등의 대표적인 정

부실패는 모면하기가 어렵다.[20]

큰 정부체제의 실패를 딛고 일어선 신자유주의

초기 자본주의의 폐해를 시정하고자 등장했던 큰 정부 체제하의 후기자본주의는 정부의 과도한 시장개입으로 경직된 노동시장을 형성했고 이 결과 민간의 경제활동을 위축시켜 불황과 경기침체를 불러왔다. 또한 과도한 복지비 지출로 인한 재정수요를 감당하기 위한 증세增稅로 납세자인 중산층의 반발을 유발하였고 과다한 국가채무를 유발하여 국가 부도 위기로 내몰리는 경우마저 발생하였다.[21]

이러한 상황에서 정부의 과도한 시장 개입으로 운영되는 공산주의 소련체제가 해체되는 역사적 사건이 발생했

20 정부가 생산수단을 보유하고 있는 자본주의 사회의 공기업의 경영실적이 민간 부분보다 비효율적이어서 경쟁력이 떨어진다는 사실을 부인하기가 어렵다.

21 2000~2012년 사이에 유럽 주요 국가들은 국민소득 중에서 공공지출 비중이 급증해 왔다. 프랑스에서는 51.6%에서 55.9%로, 이탈리아에서는 45.9%에서 49%로, 포르투갈에서는 41.6%에서 46.9%로, 아일랜드에서는 31.2%에서 44.1%로 늘어났다. Stephen D. King, 〈When the Money Runs Out: The End of Western Affluence〉, Yale Univ. Press, 2012

다. 공산주의 실험의 실패를 계기로 하여 정부의 개입을 강화해 온 후기자본주의의 문제점이 구체적인 형태로 들어나면서 차라리 정부개입을 최소화하는 대신에 시장의 자유를 보장하는 초기 자본주의 체제로 복귀하자는 주장이 미국의 시카고학파를 중심으로 하여 제기되었다. 큰 정부 체제하에서 운영되었던 후기자본주의를 작은 정부 체제하의 초기자본주의로 회귀시켜야 한다는 것이다. 이에 따라서 새로 등장하게 된 자본주의체제가 세금과 규제가 줄어든 바로 신자유주의체제인 것이다.

정부개입이 최소화되면 당연히 세금은 줄고 규제는 축소된다. 이 결과는 시장의 독점화와 빈부격차의 심화로 연결되지만 전체적으로 경제는 성장하고 발전하게 된다. 그러나 신자유주의 경제체제는 결국 불평등의 심화라는 결과를 초래하기 때문에 세계적으로 큰 저항에 부딪히고 있다.

신 자유주의 경제체제에 대한 비판 – 토마 피케티

토마 피케티Thomas Piketty는 21세기에 들어서 국민소득 중에서 자본에 돌아갈 몫(α)은 점점 더 커질 것이기 때문에 신자유주의 경제체제하에서 소득불평등 현상이 더 심해질 것으로 우려하고 있다.

그에 의하면 국민소득(Y) 중에서 자본(P)에 돌아가는 몫(α)은 자본수익율(r)에다 자본/소득비율(β)을 곱하면 얻어진다. 즉 α=P/Y=r×β이다.

여기에서, 국민소득(Y)은 노동소득(W)과 자본소득(P)형태로 궁극적으로 배분되므로 Y=W+P라는 수식으로 표시할 수 있다.

그런데 1년 동안의 자본소득(P)은 자본의 크기(K)에다 자본수익율(r)을 곱해준 값이므로 P=r×k가 되고 이를 윗식과 결합하면 피케티의 제1기본법칙

α=P/Y=rK/Y=rβ이 탄생된다.

β는 자본/소득비율, s는 저축율, g는 경제성장율이라 할 때, 해러드-도마 성장모델 g=s/β에서 β=s/g로 변형된 식을 얻게 된다. 즉 자본/소득 비율의 값(β)은 저축율(s)을 경제성장률(g)로 나눈 값으로 결정된다. 이것이 피케티 제2기본법칙이다.

21세기에 들어서면서 인구증가도 정체되고 기술진보에

도 한계가 있기 때문에 세계 각국(특히 선진국)의 경제성장률(g)은 2% 내외로 낮아지고 있고 저축률(r)은 역사적으로도 대체로 4~5% 수준으로 일정하므로 자본/소득 비율(β =s/g)의 크기는 분자(s)는 일정한데 분모(g)는 작아지므로 높아지게 된다. 결국 국민소득 중에서 자본의 몫(α)은 계속 커질 것이며 노동의 몫은 줄어들 수밖에 없게 된다. 결국 소득불평등 현상은 더욱 심화될 수밖에 없다. 자본이 자본을 낳는 자본세습주의Patrimonial Capitalism가 도래할 암울한 전망이 불가피하다는 것이다.

실제로 미국과 영국에서 작은 정부를 신봉하는 경제 철학을 레이건과 대처 정부가 선택함에 따라 감세, 규제완화, 민영화가 추진되면서 정부역할이 줄어들었다. 이 결과 한때 2~3의 수준으로 낮아졌던 자본/소득 비율(β)은 5~6의 수준으로 높아졌고 이에 따라 국민소득 중에서 자본에 돌아가는 몫(α) 역시 커지고 있다. 자본에 대한 몫이 커지게 되면서 노동에 대한 몫은 줄어들어서 사회적 불평등의 심화는 피할 수 없게 된다는 것이다.[22]

22 Tomas Piketty: 〈Capital in the 21st Century; 21세기 자본〉 2014. 9 글항아리

우선 분배냐? 아니면 우선 성장이냐?

오늘날 한국 사회에서 주로 논의되고 있는 경제체제는 신자유주의와 후기자본주의이다. 신자유주의는 세금을 낮추고 규제를 완화해서 기업의 경쟁력을 향상시켜서 국가 경제를 우선 성장시켜야 한다는 입장이다. 그리고 복지는 성장이 이루어지고 난 이후에 강화해도 늦지 않다는 소위 「선 성장 후 분배」 논리를 강조하고 있는 입장이다. 반면에 후기자본주의는 소위 경제민주화 논리로 세금을 높여서 사회적 소외계층의 삶의 질부터 우선 향상시켜야 한다고 주장한다. 부유한 소수만을 위한 성장보다는 가난한 다수를 위한 고른 분배가 우선되어야 한다는 입장이다. 하지만 복지 수요를 충족시키기 위해서 세금을 높이게 되면 자본을 소유한 개인 및 기업의 노동의욕과 투자의욕을 저하시켜서 결국 기업과 국가의 경쟁력이 낮아지게 된다는 것이 문제다.

물론 성장이나 분배를 주장하는 각각의 입장은 서로 다른 입장을 절대적으로 거부하는 것은 아니다. 성장을 주장하는 입장은 성장을 우선시하여 나눠줄 빵 덩어리를 키운 이후에 분배하자는 입장이고 분배를 주장하는 입장은 우선 분배가 이루어져야 그 이후에 지속적인 성장도 가능하다는 입장인 것이다.

당장 오늘의 삶이 궁핍한 자에게 미래사회의 성장은 무의미하다는 것이 분배 우선주의의 입장인 반면에, 국제화 시대에 처하여 다국적 기업과의 치열한 경쟁에 나서고 있는 기업들에게 분배를 위한 세금인상은 기술투자 의욕을 저상沮喪시켜 결국 국가경쟁력 하락을 초래할 수밖에 없다는 것이 성장우선의 입장인 것이다.

우선 성장과 우선 분배 중에서 어떤 가치를 더 중시하는가에 따라서 보수와 진보가 갈리는 것이다.

한반도 남쪽의 반쪽짜리 나라가 "좌빨"이니 "꼴통"이니 하면서 두 쪽으로 갈라지고 있다. 상대편 말조차 서로 들으려고 하지 않는 극단적인 진영논리만 횡행하는 와중에서 우리가 서 있는 발밑이 무너져 내리고 있다. 진보냐 보수냐 하는 것은 나라경영의 방법론의 차이일 뿐 중요한 목적은 "좋은 나라 만들기"다.

나는 진보와 보수 어느 쪽에 속해 있는가? 그리고 내가 속한 입장은 과연 시대 환경에 적합한가?

보수保守의 가치를 새롭게 하자

전방위에서 위기를 알리는 경고등이 켜졌다

한국경제는 IMF 외환위기 이후 20년 만에 가장 심각한 경제와 안보의 복합위기 국면에 처해 있다. 세계무역환경이 악화되고 있다. 소위 PIGS로 불리는 남유럽국가들과 과테말라, 브라질 등 남미제국의 경쟁적인 포퓰리즘적 정책 선택의 결과, 과도한 국가채무로 인한 정권 붕괴 및 국가부도 사태의 도미노 현상이 이어지고 있다. 여기에다 세계적인 과잉재고에 의한 자원가격 폭락 현상에 가세하여 선진국발 보호무역주의 움직임마저 가시화되면서 세계경제의 역동성은 뚝 떨어지고 장기 저성장 기조가 굳어지고 있다. 한국경제의 성장동력 역할을 해오던 수출성장세가 꺾이면서 수출은 몇 년째 내리막길을 걷고 있다. 수출이 줄어들면 내수內需라도 살아나서 경기를 떠받쳐야 하는데 그마저 더 어려워지고 있다. 체감경기지수의 연이은 하락과 함께 가계 여유 자금은 바닥을 치고 있고 소비 심리는 얼어붙어 소비절벽 현상을 야기하고 있다. 이에 따라 자영업자의 폐업은 줄을 잇고 있다. 가계 부채는 총 1,300조 원을 돌파하면서 2년 만에(2014년 650조 원) 두 배 규모로 증가했다. 기업의 투자심리마저 탄핵정국에 연루되면서 꽁꽁 얼어붙었다. 가계소비와 기업의 신규투자 감소 속에서 내수 증가를 기대하기는 어렵다.

빈사상태에 빠진 해운·조선업의 구조조정 문제, 저금리로 겨우겨우 버티고 있는 대부분의 국내한계기업의 활성화 문제, 고질 문제로 등장하고 있는 소득 양극화와 저출산 문제, 비정규직 문제와 노동개혁 문제, 쌀 과잉재고와 농업 부문의 지나친 위축 문제 등 경제 문제 전방위에 걸쳐서 경고등이 켜지지 않은 곳이 하나도 없다. 그러나 경제난국 해결에 선제적으로 나서야 할 정치권은 집권경쟁에만 몰두하면서 사태수습을 위한 골든타임을 놓치고 있다. 한심하고 어이없는 작태라 하지 않을 수 없다.

경제문제와 함께 안보상황도 한 치 앞을 내다볼 수 없는 안개 속으로 내몰리고 있다. 북한은 5차례의 핵실험과 함께 잠수함발사탄도미사일의 발사 실험에도 성공한 여세를 몰아 공개적인 남침위협마저 주저치 않고 있다. 주한 미8군사령관이 북한의 추가 도발 가능성을 예상하는 가운데 미국의 대한방위공약을 의심하는 국내 분위기마저 형성되고 있다.

한반도 주변 외교환경도 크게 달라지고 있다. 무엇보다 트럼프 미국대통령의 등장으로 미·중관계가 경색梗塞 모드로 진입하고 있다. 중국의 영향력이 커지고 있는 가운데 박근혜정부가 추진해오던 안보관련 외교정책, 즉 고고도미사일 방어체계(사드)설치, 한·일 위안부합의, 한일군사보호협정 등이 앞으로 지속될 수 있을지도 불확실하다. 안보상황의 불확실성을 타개해 나가야 할 정상외교는 2016년 11월 이후 최소한 6개월 이상 단절이 계속될 상황이고 최소한의 역할만 수행하고 있는 대통령권한대행 체제를 흔드는 야당의 압박마저 커지고 있다.

성공적인 경제발전은 보수정치세력이 이끌었다

대한민국 50년 경제발전사發展史는 역경과 극복의 역사였다. 예기치 못한 역경과 고난이 닥칠 때마다 정치권이 리더십을 발휘하고 관료와 기업인, 학계의 엘리트들이 지혜를 나눠서 난관을 극복하고 나라를 한 단계 더 높이 격상시켜 왔다. 이 짧은 기간에 대한민국은 세계 최빈국最貧國에서 국내총생산GDP 세계 10위권, 무역규모 세계 6위권의 경제 강국으로 발돋움했다. 제2차 세계대전 이후 독립한 수많은 약소국 중에서 산업화와 민주화 그리고 정보화를 이만큼 성공적으로 이룩한 나라는 대한민국이 유일하다. 선진국의 원조로 겨우 연명해 오던 나라에서 원조를 베푸는 나라로 극적인 변신에 성공한 나라도 대한민국뿐이다.

일제 식민지의 수탈收奪정책과 6.25전쟁으로 철저히 파괴된 폐허에서 털고 일어나서 이만큼 자유롭고 풍족한 사회를 이룩한 대한민국의 성공 뒤에는 인센티브incentives에 바탕을 둔 자본주의적 시장경제를 선택한 보수적 집권세력이 있었다.

보수保守란 무슨 뜻인가? 잇고 지킨다는 뜻이다. 그러나 잇고 지킬 대상이 특정한 무엇으로 따로 존재한다기보다는 보수란 말이 쓰이는 상황에 따라서 잇고 지키는 대상이 결정된다고 보는 것이 옳다. 현재의 대한민국처럼 자유로운 사회에서는 자유민주주의 이념과 시장경제를 잇고 지키려는 태도와 사람들이 보수로 분류되지만 전체주의사회에서는 공산주의 같은 전체주의 이념과 계획경제체제를 잇고 지키려는 태도의 사람들이 보수로 분류된다. 대표적인 보수적 정치인으로 분류되는 박정희 전 대통령도 상대적으로 수구적守舊的인 윤보선 전 대통령과의 대선 과정에서는 진보적인 국민들의 선택을 받아 민선대통령이 되었다. 따라서 보수란 구분은 쓰이는 상황에 따라 유동적이라 할 수 있다.

그러므로 현재의 여당을 보수로, 그리고 야당을 진보로 구분하는 것은 별 의미가 없다. 정치인이 그가 속한 집단(정당)을 통해서 잇고 지켜나가려는 대상이 무엇인지? 나라를 발전시켜 나가고자 하는 목표가 무엇인지? 그리고 목표를 달성하기 위해서 어떤 제도를 선택하겠다는 것인지가 보다 중요하게 성찰省察되어야 한다는 것이다.

경제위기를 구하기 위해 나서는 주체가 안보인다.

현재 대한민국에는 사람들, 특히 청년들 사이에서 '헬(지옥)조선'이니 '흙수저'와 같은 우리나라를 살기 힘든 곳으로 비하하는 신조어들이 빠르게 확산되고 있다. 일부 정치인들과 정치집단도 이런 부정적 정서에 영합하여 포퓰리즘적인 정책 선택을 요구하고 있다.

그러나 지금 우리가 사는 대한민국이 지옥이라면 이 지구상에서 지옥이 아닌 나라를 찾기가 더 어려운 것이 사실이다. 부정적인 측면을 지나치게 과장하는 나쁜 유행이 대한민국을 지옥으로 만들고 있는 셈이다.

물론 부정과 불신의 신조어들이 난무하는 데는 그럴 만한 이유가 있다. 청년들의 제대로 된 일자리는 대단히 부족하고 은퇴를 앞둔 베이비붐 세대는 노후 준비가 매우 부족하다. 여기에다 세계 최고 수준인 노인빈곤율은 더욱 악화될 전망이다. 그러나 소득 상위 10%가 차지하는 소득점유

율은 미국 다음으로 세계최고 수준일 정도로 높아서 소득 양극화현상은 심각한 상황이다. 미래에는 더욱 악화될 전망이다. 안으로는 인구고령화와 저출산으로 생산가능 인구가 계속 줄어들고 있고 밖으로는 거대 중국의 부상浮上과 미국우선주의를 내세우고 있는 트럼프 정권의 등장에 따른 한반도 주변의 세력균형의 변화가 몰고 올 태풍도 기다리고 있다. 일부에서는 외환위기 재발 가능성까지 우려하고 있는 정도로 대한민국 경제위기는 심화되고 있다.

우리 경제가 총제적인 위기에 처해 있다는 사실은 경제계뿐만 아니라 정부와 정치권이 모두 인정하는 바다. 그런데 경제를 위기에서 구하기 위한 행동에 나서는 주체가 보이지 않는다는 것이 우리 경제 위기를 더욱 악화시키고 있다.

최순실 사태로 야기된 탄핵정국 이전부터 대통령은 불통不通의 리더십에 갇혀 있었고 관료들은 복지부동伏地不動의 보신保身주의로 일관하고 있었다. 이 결과 어렵고 힘든 경제의 구조조정 시책 보다는 단기적인 경기부양을 위한 부동산 경기 띄우기에 정부는 힘을 쏟았다. 그러나 이 때문에 해운과 조선 산업의 구조조정이 적기를 놓치고 표류하여 막대한 국력손실을 초래하게 된 게 아닌가?

현 정부의 무능력과 의지 부족은 대한민국 경제발전사에 가장 큰 오점으로 기록될 만하다.

정치권 역시 경제위기 탈출을 위한 대책수립보다는 내 몫 챙기기에만 열중해 왔다. 특히 야당은 정권교체를 성공시키기 위해 마치 경제가 망하기를 바라는 것 같은 행동을 해 왔다. 정부가 경제 활성화를 위해 제출한 법안들을 사사건건 트집 잡으면서 국회선진화법을 무기로 하여 노동, 공공, 금융, 교육 인프라 등 4대 구조개혁 작업의 알맹이를 빼버렸다. 고액연봉을 받는 귀족 노조勞組들은 기득권 유지를 위해서 노동개혁입법을 거부하고 연이은 파업을 통해 우리 경제를 볼모로 잡아 왔다. 현대자동차 노조는 현재의 고액연봉을 더 올려 달라고 24차례나 파업을 벌이면서 3조 원 이상의 생산차질을 빚게 했다고 한다. 지하철과 철도 노조는 시민불편과 물류비 상승을 볼모로 하여 두 달 이상 염치없는 파업을 벌여 왔다.

제3세대 경영체제로 전환되고 있는 재벌그룹 경영진도

창업 당시의 선대 경영진들이 펼쳤던 기업가 정신은 밀쳐두고 중소기업 영역으로까지 손을 뻗치며 손쉽고 편한 돈벌이 찾기에 몰두하고 있었다.

탄핵 여부와는 관계없이 박근혜 대통령은 심각한 레임덕 현상에 빠져서 식물대통령 처지가 될 것이고 연이어서 벌어질 대선 소용돌이로 정치권이 휩쓸리게 될 것이다. 따라서 경제위기 극복을 위한 대책수립과 시행은 골든타임을 놓치게 되어 한국경제는 쇠락의 길을 피하기 어렵게 될 것이다.

권위주의적인 보수의 정치가 실패하고 있다

한국의 보수정치세력은 경제성장과 안보 측면에서 국가발전에 크게 기여했다. 보수 세력은 자유로운 시장경제 질서 속에서 대한민국의 경제성장을 일구어 냈고 70만 대군의 육성과 유지를 통해서 북한의 군사적 위협에 맞서면서 대한민국의 번영을 지켜냈다. 그러나 불행하게도 이 과정에서 권위주의적 보수가 자리 잡았다. 지도자가 앞서서 이끌면 국민들은 그대로 따르면 된다는 것이 권위주의적 보수의 지도방식이다.

권위주의적인 보수는 한국의 근대화와 산업화를 효과적으로 이끈 원동력 역할을 성공적으로 수행했다. 그러나 경제발전에 따라서 사회 각 분야가 크게 성장하고 다양화되면서, 특히 정치의 민주화가 진전되면서 그 시대적 역할은 끝났다. 그러나 보수정치 세력이 시대의 변화를 흡수하여 제대로 변하지 못했기 때문에 젊은 층을 중심으로 하여 보수에 대해서 등을 돌리는 국민들이 늘어났다. 이에 따라서 "찻잔 속의 태풍"쯤으로 가볍게 여겼던 진보 세력이 큰 세勢를 이루면서 '광장정치판'을 형성하게 된 것이다. 이런 현상에 대해서 박근혜 대통령의 실패는 보수의 실패가 아니라 불통不通의 이미지를 가진 1인 지배적인 형태의 권위주의적인 보수의 실패라고 평가하는 의견마저 나오고 있다.

왜 젊은 층은 보수에 등을 돌렸는가?

'헬조선', '흙수저' 등으로 표출되고 있는 사회적 불평등의 심화를 해소할 수 있는 해결책을 보수가 제대로 제시하지 못했기 때문이다. 사회 양극화와 비정규직 해소를 통한 사회통합과 공동체 중시라는 보수의 기본가치 실현에 대해 무관심하고, 무기력한 보수정당에 실망했기 때문이다. 주어진 막강한 공적권한을 공정하게 행사하지 못한 보수 출신 대통령의 도덕성에 실망했기 때문이다. 경쟁에서 뒤처지는 사회적 약자를 보호하기 위한 든든한 사회 안전망의 구축에 보수정당이 실패했기 때문이다.

이런저런 이유로 광장정치판이 커지면서 대통령 퇴진을 요구하는 '촛불'과 '탄핵기각'을 요구하는 '태극기'가 광장에서 서로 세勢를 과시하면서 나라가 두 쪽 민심으로 크게 나뉘어 갈라지는 비극적인 현상마저 나타나게 되었다.

보수 정치세력의 기반 자체가 무너지고 있다

19세기 영국의 보수파 정치인 벤자민 디즈레일러는 극심한 빈부격차로 두 그룹으로 갈라진 영국을 "하나의 국민one nation"으로 통합시키는 것이 보수정당의 사명이라고 주장했다. 역시 보수당 소속 정치인 마가렛트 대처 총리는 1960년대 이래 강력한 노조의 연이은 파업 등으로 어지러웠던 영국사회에 법과 질서 및 도덕을 강조하는 사회적 보수를 흔들리지 않고 실천했기 때문에 오랫동안 국민의 지지를 받고 장기집권을 할 수 있었다.

한국의 보수정치 세력은 적화통일을 꿈꾸는 김일성 북한 정권과의 대결 과정에서 형성되었다. 그리고 근대화, 산업화를 성공적으로 이끌었던 박정희 시대에 대한 국민적 향수와 영남권에 근거를 둔 지역주의를 지지 기반으로 하여 대한민국 정치 주도 세력으로서의 위상을 다져 왔다. 보수는 자유로운 시장경제질서를 추구하는 중심세력으로서, 북한의 위협에 대응하는 공동체 안보의 중심세력으로서 역할을 수행하면서 산업화 과정을 성공적으로 이끌었다. 산업화 이후의 민주화 시대에서는 선심성 대중주의적인 정책수단을 제시하면서 과도한 무임승차를 탐貪하는 진보정치 세력의 무책임성에 대한 국민들의 반발과 실망감에 편승하여 산업화 주도세력인 장·노년층이 보수의 유지기반이 되어 왔다. 그러나 최순실 사태로 보수의 도덕성에 대한 배신감이 커지면서 권위주의적인 보수의 기반 자체가 무너지고 있다.

새롭게 세워야 할 보수의 가치 1, 2, 3

가치 1 능력 있는 사람이 중심이 되는 사회 시스템 확보 | 이제 한국의 보수는 민주화된 선진국 대한민국 시대를 이끌

고 나갈 수 있는 새로운 보수의 가치를 확립해야 한다. 새로운 비전과 정책으로 국민의 동의를 확보함으로써 보수 재건작업에 나서야 한다. 독선적인 1인 지배체제의 권위주의적인 장막을 걷어 제치고 적극적으로 소통하면서 양분된 국민 각 계층을 모두 끌어안을 수 있는 넉넉한 품의 민주적 보수로 보수의 가치를 새롭게 해야 한다.

선진국 대한민국 시대를 선도해 나갈 새로운 보수의 가치는 과연 어떠해야 하는가?

가장 먼저, 능력 있는 사람들이 더 큰 일과 역할을 맡아 수행할 수 있도록 시장의 공정한 경쟁을 보장하는 제도를 확립해야 한다. 우리 공동체는 능력 있는 사람이 뽑혀서 신나게 일할 수 있는 환경도 갖추지 못하고 있으면서도 능력이 모자라고 어려운 사람들이 착실하게 보호되는 구조도 아니다. 단지 권력과 힘을 가진 자들의 이익이 보장되는 기득권 우선적인 구조만 돋보일 뿐이다. 이래서는 개도국 처지는 요행히 벗어날 수 있었지만 선진국 대열에 합류하기는 어렵다. 권력과 힘을 가진 사람이 중심이 되는 사회에서 능력 있는 사람이 중심이 되는 사회로 사회 시스템을 바꿔야 한다. 공정한 경쟁 시스템이 자리 잡게 하기 위해서는 '법 앞의 평등' 원칙이 확립되어야 하고 이를 위한 규제 혁파 등 제도정비와 함께 개혁 실천로드맵이 제시되어야 한다.

가치 2 사회적 약자 보호를 위한 튼실한 사회 안전망 구축 | 다음으로, 경쟁에서 뒤처지는 사람들을 보호하기 위한 튼실한 사회안전망social safety net을 구축해야 한다. 또한 '수저론'으로 대표되는 신분상의 격차를 타파하기 위해서 '신분이동 사다리' 증설을 위한 교육기회 및 취업기회 확장이 주요 정책 과제로 자리 잡도록 해야 한다. 빈약한 사회 안전망을 배경으로 하여 성장을 위한 경쟁촉진 정책을 선택하는 것은 "1%의 부자와 99%의 빈자"의 문제가 상징하는 바와 같이 능력 있는 사람들만을 위한 정부로 가는 길이다. 신자유주의 경제체제의 폐해가 적나라하게 노출되어 사회통합의 길은 더욱 아득해질 뿐이다.

그렇다고 해서 경제적 약자 보호 명분으로 사회안전망을 강화하기 위해서 복지지출의 증세增稅 의존율 내지 국채 의존율을 무분별하게 늘려서는 안 된다. 소위 보편적 복지 확장은 나라를 망하는 길로 인도하는 지름길임이 국가부도 사태에서 허덕이고 있는 남부유럽 복지국가들의 사례에서 충분히 입증되었기 때문이다.

새로운 일자리는 공정한 경쟁질서 속에서 창출될 뿐, 복지지출을 늘린다고 해서 생산적인 좋은 일자리는 만들어지지 않는다. 일자리가 창출되지 않으면 복지재원은 국가채무 증가로 귀결되어 결국 미래세대의 부담으로 넘겨질 수밖에 없다. 미래세대가 대신 갚아야 할 빚으로 현재 세대의 복지수준을 높이겠다는 터무니없는 약속을 남발하는 정치인은 나쁜 사람이다. 새로운 일자리 창출을 통한 소득증가가 이루어지고 이에 의해서 사회 안전망 강화를 위한 세수稅收가 확장되는 선순환善循環이 이루어져야 우리 사회가 평균적인 선진국 수준의 사회로 발돋움할 수 있다. 현실적으로 우리가 확보하고자 하는 일차적인 목표는 OECD 평균 수준의 조세부담률에 의한 OECD 평균 수준의 사회안전망의 구축으로 삼는 것이 바람직하다.

사회안전망이 갖춰지면서 사회적 약자를 보호한다는 명분으로 제정되어 적용돼 오던 여러 가지 규제나 경쟁제한 조치는 적극적으로 완화 내지 폐지되어야 한다.

가치 3 경세제민의 큰 원칙을 제시하고 이를 실현해 나갈 이정표 제시 | 마지막으로 대한민국이 세계 속에서 어떤 나라가 돼야 하는지 하는 국가의 목표를 뚜렷이 하고 이를 실현하기 위한 설득력 높은 이정표road map를 제시할 수 있어야 한다. 성장우선주의를 내걸고 앞뒤 돌아볼 여유도 없이 내달려온 지난 반세기 동안 보수는 우리나라 정치의 중심적인 지도 세력이었다.

그러나 경제는 장기 저성장의 늪에 빠져있고 정치는 국민들의 신뢰를 잃은 채 제대로 서야할 자리를 찾지 못하고 여기저기 기웃거리고 있다.

바야흐로 정부는 성장과 형평을 동시적으로 추구하는 시대로의 변화에 직면하고 있다. 소위 '포용적 성장'이 그것이다. 한국의 보수정치도 '선 성장 후 분배'의 낡은 논리에서 벗어나야 할 때가 왔다.

구체적으로 침체 일로의 경제성장 동력을 어디에서 찾아서 어떻게 만들어낼 것이며, 일자리는 어떻게 늘릴 것이고, 양극화는 어떻게 해소할 것인지 그리고 흐트러진 법과 도덕의 원칙은 어떻게 바로 세울 것인지 이를 통해서 나라의 위엄dignity을 어떻게 갖추어 나갈 것인지 하는 경세제민經世濟民

의 큰 원칙을 뚜렷이 제시할 수 있어야 한다.

선진 대한민국의 장래를 맡아서 열어갈 정치이데올로기 집단으로서의 자격을 국민들로부터 인정받아야 보수의 재건이 가능하지 않겠는가?

따뜻한 진보의 가슴과 냉철한 보수의 머리로 무장된 새로운 보수의 가치를 뚜렷이 세워야 한다. 그래야 대한민국이 선진국 대열에 합류할 수 있고 그래야 나라의 위엄이 지켜져서 주변 국가들이 함부로 얕보지 못한다.

진보의 꿈과 현실 - 스웨덴의 복지개혁 사례

진보의 꿈 : 더 아름답고 살만한 세상을 만들자

진보주의자들의 논리는 사람들이 세상에 태어나서 세상을 더 아름답고 더 살 만하게 만들어야 할 의무가 있다는 생각에서부터 출발한다. 이를 위해서 나의 이익만을 챙기는 게 아니라 '나와 너'의 몫을 분리하지 않고 공존공영共存共榮할 수 있는 지혜를 추구해야 한다고 주장한다. 그들은 세상의 모든 어려운 문제가 '나와 타인'을 분리하려는 사람들의 의식 때문에 생겨난다고 본다. '나와 너'로 갈라서고, '내 것과 네 것'으로 가르고, 나보다 '낫거나 못하거나'로 갈라지고, '옳고 그르고'로, '높고 낮고'로, '유리와 불리'

로, 그리고 '내 편과 네 편'으로 갈라진다. 이러한 분별分別이 결국 사람 사는 세상에 갈등을 빚고 서로에게 고통을 안겨주게 된다는 것이다. 진보주의자들은 정치란 인간의 욕심과 사적 소유를 적절히 통제하고 관리하여 가난이 발생하지 않도록 함으로써 사회 전체의 선善을 증진시켜야 할 의무가 있다고 생각한다. 그러므로 좋은 정치를 실현하기 위해서 배격되어야 할 생각을 다음의 세 가지로 요약하고 있다.[23]

첫째, '사람들은 모두가 다 잘살 수는 없다'라는 생각이다. 주어진 자원資源의 제약과 이로 인해 발생하는 물질(재화)의 한계 때문에 사람들은 탐욕스럽고 인색하게 된다는 것이다. 사람들은 소위 적자생존론適者生存論에 의해서 끊임없는 경쟁의 시장만능주의에 빠져들게 되어 결국 두 계급으로 나뉘게 된다는 것이다. 즉 시장을 주도하며 큰돈을 버는 대기업이나 다국적 기업 등 소수의 부자와 가난의 굴레를 쉽게 벗어나지 못하는 다수의 빈자가 생겨난다는 것이다. 그러나 사실은 세상에 주어진 자원도, 먹을 것도 무한

23 유중, 〈정치란 무엇인가〉, 사군자 2016. 3. PP63~99

히 많이 주어져 있고 이를 이용하기 위한 창조적인 아이디어도 충분하고 이를 이용할 수 있는 사람들의 능력도 충분하기 때문에 세상 사람들은 모두가 잘살 수 있다는 것이다. 단지 잘못된 생각을 가진 사람들이 정치를 하고 있기 때문에 이들을 정치판에서 가려내야 한다는 것이다.

"재물의 절대적인 결핍으로 사람들이 가난한 것이 아니다. 세상에 재화의 부족으로 가난해야 하는 사람은 아무도 없다. 세상의 재화는 모든 사람에게 돌아갈 만큼 충분하다. 미국에서 생산되는 건축자재만으로도 미국의 모든 가구에게 백악관만 한 건물을 지어줄 수 있고 집약적 농업을 활용하면 미국의 농지에서 생산되는 농산물로 미국의 모든 사람에게 사치스러운 음식과 최고급 옷을 지어줄 수 있다.

다시 말해서 개개인이 아닌 인류 전체의 관점에서 보았을 때 인간은 항상 넘치도록 부유하다."[24]

그러나 세상은 풍족하지만, '사람들 모두가 잘 살 수는 없다.' 라고 생각하는 사람들의 행하는 나쁜 정치 때문에 빈부격

24 Wallace D. Watts, 「The Science of Getting Rich」 PP97~100 스마트비즈니스. 2012

차와 같은 불평등한 일이 생겨나서 계속 확대된다는 것이다.

둘째. "세상이 불평등한 것은 자연스러운 현상이다"라는 생각이다.

개인이 가지고 있는 능력이나 노력 또는 의지는 개인 간 차이가 있다. 그러므로 그로부터 연유된 불평등은 어쩔 수 없다고 인정하더라도 이렇게 심각한 경제적 불평등까지 용인돼서는 안 된다는 것이다. 아무리 절약해도, 아무리 부지런하고 아무리 열심히 일해도 가난한 사람은 늘어나고 있다. 머리가 특별히 나빠서도 아니고, 몸이 특별히 허약해서도 아닌데 가난은 계속되고 가난한 사람의 숫자는 점차 더 불어난다. 반면에 소수의 부자는 더 부자가 된다. 가난한 자들의 부의 크기와 부자들의 부의 크기는 점차 격차가 벌어져서 마침내 1%의 사람들이 99%의 부를 소유하게 되는 경제적 불평등이 현실화 된다는 것이다. 이러한 불평등이 자연스러운 현상이라고 생각하는 사람들 때문에 불평등 현상은 당연시 되고 교정되지 않는다는 것이다.

마치 노예나 종은 사람이 아니라고 생각했던 시대처럼, 그리고 여자나 흑인은 투표권이 없는 게 정당하다고 생각했던 시절처럼 이러한 경제적 불평등은 당연한 현상으로 타성적으로 받아들여지게 되고 더욱 확장되어 왔다는 것이다.

공동체적인 책임의식이 결여된 사람들이 공공의 이익이나 공동의 선을 추구하기는 커녕 오직 자기만 잘 살면 된다는 생각으로 불평등을 심화시키는 정책들을 밀어붙이고 있다는 것이다.

워싱턴 컨센서스(Washington consensus ; 즉 미국 재무부, 국제통화기금, 세계은행 등 워싱턴의 정책결정자들 사이에서 미국식 시장경제질서를 이식시키자는 합의)는 사유재산권 보호, 정부규제 축소, 국가기간산업 민영화, 자본시장의 자유화 등을 내세우고 있다.[25] 워싱턴 컨센서스가 추진하는 정책들은 대부분 기업이나 부자를 위한 정책이라 할 수 있다. 이러한 정책은 결국 경제적 불평등을 해소하기 위한 고민에서 도출된 정책이라기보다는 불평등은 자연스러운 현상이라는 생각에서 도출된 정책이라는 것이다. 세계에서 가장 영향력이 큰 미국에서 돈줄을 쥐고 있는 금융 권력기관의 장려 또

---

25 장 지글러, 〈왜 세계의 절반은 굶주리는가?〉 16~17쪽 , 갈라파고스. 2011

는 묵인 속에서 개도국에서마저 경제적 불평등 현상은 더욱 확장되고 있다는 것이다.

셋째, "경제성장을 해야 복지도 할 수 있다"는 생각이다.

인류역사상 가장 눈부신 경제성장을 이뤘다는 오늘날 지구상의 굶주림은 점점 더 심해지고 있다. 유엔식량농업기구FAO의 2015년 자료에 의하면 지구촌의 72억 명 인구 중에서 약 10억 명의 사람들이 식량난으로 고통 받고 있고 매일 무려 2만5천 명의 사람들이 기아로 사망한다고 한다.

그 이유는 무엇일까? 한마디로 말해서 경제성장으로 빈곤을 해결하는 것이 불가능하다는 것이다.

왜 자본주의 이후 250년 이상의 기간 동안에 인류사회가 지속적인 경제성장을 해 왔는데도 불구하고 갈수록 부의 불평등은 더 심화되고 있는가? 왜 우리는 중세의 농부들보다 더 오래 일을 해야 살아갈 수가 있는가?[26]

진보주의자들은 지금 당장이라도 보편적 복지확장을 통

26 데이비드 보일러, 〈이기적인 경제학, 이타적 경제학〉 264쪽, 사군자. 2012

해서 부의 불평등 해소 내지 완화에 나서야 한다고 주장하면서 되묻는다. 250년 동안 자본주의가 발전해오는 동안 불평등 해소가 이뤄지지 않았는데 앞으로 얼마나 더 자본주의가 성장하기를 기다려야 복지향상을 통한 불균형 해소가 이루어질 수 있을 것인가? 그러므로 경제성장을 해야 복지도 할 수 있다는 주장은 복지를 하기 싫다는 주장과 같다는 것이다. 한 발 더 나아가서 진보주의자들은 복지지출을 늘려 가면 오히려 경제성장을 촉진하게 된다고 주장한다. 국민이 가난하게 되면 당연히 소비는 줄어들게 된다. 소비가 줄면 기업의 투자도 감소하게 되어 성장은 위축될 수밖에 없다. 이러한 때 정부지출을 늘려서 국민들의 복지수준을 높여주면 소비가 늘어나고 소비가 늘어나면 기업의 투자도 늘어나서 성장이 촉진된다는 것이다.

경제협력기구OECD에서 조차 2014년 12월 "심각한 불평등 해소가 강력하고 지속가능한 성장을 위한 핵심요소"라면서 각국 정부의 적극적인 재분배정책을 요구하고 있다.[27]

선진국의 소득 불평등이 상당히 심각한 상태에 이르고

---

27 OECD, 〈소득불평등이 경제성장에 미치는 영향〉. 2014

있으므로 이를 해소하기 위한 보다 적극적인 정부의 시장 개입이 요청되는 시대로 진입하고 있다는 뜻이다.

정부의 강력한 시장개입과 "검은 밤의 위기"

진보주의자들의 주장은 평등한 사회를 실현하기 위하여 정부가 시장개입에 적극적으로 나서야 한다고 요약할 수 있다. 더 많은 세금을 거둬서 국민들의 복지수준을 지속적으로 높여가야 한다는 것이다. 계층 간 이동 사다리 강화를 위한 무상교육체제도 강화해야 한다는 것이다. 그것도 충분히 경제가 성장하기를 기다릴 것이 아니라 지금 당장부터 나서야 한다는 것이다.

진보주의자의 생각은 1884년 영국에서 결성된 페이비언 협회Fabian Society의 주장으로 구체화되었다. 페이비언주의는 토지와 산업자본을 개인이나 계급적 소유에서 해방해 공유화함으로써 점진적인 사회주의로의 이행을 주장했다. 페이비언주의자들은 영국 사회주의 운동뿐만 아니라 복지국가의 성립 및 영국노동당의 정책 형성에 큰 기여를 했지만 정작 그들의 꿈이 실현된 나라는 북유럽의 스웨덴이었다.

스웨덴의 개화된 관료들은 국가가 모든 사람의 욕구를 보살피고 금발의 관료들이 정상적인 가정집 부엌 설계에 이르기까지의 모든 것을 주관하는 소위 "인민의 가정"[28]을 추진하였다. 1960년대에 들어서면서 평등의 개념이 확대되면서 스웨덴은 다른 유럽 국가들보다 더 좌파 쪽으로 기울게 됐다. 스웨덴은 소득 평등화를 옹호했다. 모든 문제에 대한 해결책은 똑같이 "정부개입의 확대"였다.

국내총생산GDP에서 공공지출이 차지하는 몫은 1960~1980년 사이에 두 배 가까이 늘어났고 1993년에 67%로 정점을 찍었다. 공공부문은 민간부문이 전혀 새로운 일자리를 늘리지 못했던 1950~1990년간 40년 동안에 100만 개가 넘는 새로운 일자리를 만들어 냈다. 이런 '모든 정부 활동을 위한 돈은 어떻게 만드느냐?'는 질문에 대한 답변도 똑 같았다. "세금을 더 걷는 것"이었다.[29]

---

28 1930년대 무렵, 스웨덴 사민당이 주장한 평등과 상호 이해를 바탕으로 좀 더 좋은 가정처럼 지내자는 개념. 이 개념을 토대로 하여 스웨덴은 무상교육과 기초의료보험을 도입하여 스웨덴 식 사회민주주의와 복지의 근간을 이루게 된다.

29 John Micklethwaite, Adrian Woodridge, 〈제4의 혁명〉, pp233~234 21세기북스. 2015. 3

1932년부터 1976년까지 44년 동안 정권을 유지했던 스웨덴 사회민주당은 큰 정부 체제의 유지를 위하여 세금 인상과 규제강화 등 수단으로 기업들의 호주머니를 털었다. 사회민주당의 창시자이자 대표인 올로프팔매Olof Palme는 1974년에 "신자유 시대는 막을 내리고 있다. 미래의 열쇠는 놀라운 사회주의가 쥐고 있다"라고 선언했다.

1970년대와 1980년대를 거치면서 스웨덴인들은 정부가 제공하는 획일적인 서비스를 받기 위해서 긴 줄을 서야 한다는 데 점점 절망하고 좌절하기 시작했다. 1991년 마침내 스웨덴의 큰 정부 시스템에 의한 복지사회모델은 붕괴되었다. 소위 "검은 밤의 위기"라는 경제위기에 빠졌기 때문이다. 스웨덴의 은행 시스템은 가동을 멈췄고 외국인 투자자들은 철수했으며 모기지mortgage loan 금리는 최고 500%까지 폭등했다.

작은 정부로의 회귀로 향하는 보수의 정치개혁

칼 빌트 총리가 이끄는 스웨덴의 보수정부는 대대적인 공공지출 삭감과 공공서비스 제공 방식의 급진적 변화를 포함한 일련의 강력한 개혁을 추진함으로써 위기극복에 나섰다. 정부가 국민의 동의를 얻기 위해 힘쓰는 과정에서 정책개혁위원회가 추진되었다. 현명한 사람들로 구성된 위원회는 변화청사진의 설계임무를 맡아서 스웨덴 경제를 다시 자유화하고 정치제도를 개혁하기 위한 110가지 정책제안을 제시했다.

개혁정책은 성과를 나타냈다. GDP에서 공공지출이 차지하는 비율은 1993년 67%에서 2010년 현재 49%로 낮아졌다. 또한 1983년 이후 적용돼 오던 한계세율 상한은 57%에서 27%로 낮춰졌고 부동산과 선물, 재산, 상속 유산에 부과되던 복잡한 세금은 없어졌다. 재정흑자를 달성하기위한 스웨덴 정부의 노력 결과 스웨덴의 공적부채는 1993년 GDP의 70%에서 2010년에는 37%로 줄었고 같은 기간 동안에 예산은 11% 적자에서 0.3% 흑자로 돌아섰다. 연금제도 개혁과 교육개혁 및 의료개혁도 효율성 실현을 목표로 하여 이루어졌다.[30]

30 스톡홀름에서는 학생들 중에서 절반이 정부 보조가 없는 사립학교에 다닌다. 인구 1000명당 병실 수는 스웨덴이 2.8개인데, 프랑스는 6.6개이고, 독일은 8.8개다. 그럼에도 스웨덴 국민들은 대부분 선진국 국민보다 장수한다.

진보주의적인 큰 정부 체제를 스웨덴과 함께 선택하였던 북유럽 4국(핀란드, 노르웨이, 덴마크, 네덜란드) 역시 과도한 복지정책을 축소하면서 경제위기를 벗어나고 있다. 1980년대 초에 덴마크는 국민들이 앞으로 감자만 먹고 살게 될지도 모른다는 생각을 할 정도로 지독한 경제위기 소위 '감자위기'에 빠졌다. 노르웨이와 핀란드 역시 1990년 대 초에 스웨덴과 마찬가지로 경제위기에 빠졌다. 특히 핀란드는 소련공산주의의 붕괴로 인해 가장 신뢰할 만한 시장의 대부분이 사라지게 되면서 유발된 경제위기라는 점에서 특히 심각했다.

그러나 북유럽 국가들은 경제위기 극복과정에서 더 작고 더 알뜰한 정부뿐만 아니라 더 나은 정부 시스템을 만들어냈다. 덴마크는 연금수령 개시 연령을 65세에서 67세로 늦추는 등 일련의 복지개혁정책을 도입했고 고용의 유연성과 안전성을 동시에 추구하는 유연 안전성 시스템을 최초로 도입했다.[31]

스웨덴이 도입한 교육 바우처 제도는 비용을 덜 들이면서 교육의 질은 더 뛰어난 교육 시스템을 만들어냈다. 스웨덴 학생의 절반 이상이 지역학교 이외의 다른 학교를 선택하고 있고, 정부 보조가 없는 사립학교 중 60% 이상이 영리적으로 운영되는데, 가장 큰 성과는 보조에 의한 무료학교보다 일반사립학교에서 성적에서부터 대학 진학률에 이르기까지 더 좋은 교육성과를 낸다는 것이다.[32]

관건關鍵은 사회통합 뒷받침할 재원확보 문제이다

후기자본주의의 큰 정부 체제를 통하여 복지 확대정책을 추구해 왔던 나머지 유럽국가들 중에서 특히 남부유럽 국가들은 과도한 정부채무에 현재까지도 허덕이고 있다. 특히 그리스 정부는 2004년부터 세수를 31%로 늘렸지만 정부지출은 87%나 늘렸다. 그러자 국가채무는 늘어났고 재난은 피할 수 없었다. 나머지 유럽 국가들도 2000년

31 유연안전성이란 고용·해고의 유연성과 직업의 안전성을 동시에 중시하는 정책으로 기업에는 해고의 자유를 주고 노동자에게는 정부 지원과 재취업기회 등 직업 안전성을 제공하는 노동 제도를 뜻한다.

32 Anders Böhlmark and Mikael Lindahl, "Independent Schools and Long-run Educational Outcomes: Evidence from Sweden's Large Scale Voucher Reform", CESifo working papers series No. 3866, Institute for the study of labor bonn. June 29. 2012.

부터 2012년 사이에 국민소득 중에서 공공지출 비중이 크게 증가했다. 프랑스는 51.6%에서 55.9%로, 이탈리아에서는 45.9%에서 49%로, 포르투갈에서는 41.6%에서 46.9%로, 아일랜드에서는 31.2%에서 44.1%로 각각 높아졌다.[33] 미국은 큰 정부처럼 돈을 쓰면서 작은 정부처럼 세금을 거두다가 결국 재정 함정에 빠지게 되었다. 진보적인 민주당은 정부의 복지혜택축소 요청을 거부했고 보수적인 공화당은 세금인상 요구를 거부했기 때문이다.

이런 재정위기는 두 가지 요인이 상호작용을 통하여 더욱 악화되는 방향으로 진행되어 왔다.

첫째, 2007~2008년의 금융위기 발생으로 국제금융부문이 선진국 경제에 신용을 확대해 줄 의사와 여력이 고갈되고 있다.

둘째, 국민들이 보편적 복지의 축소라는 정책개혁의 필요성에는 공감하고 있지만, 여태껏 개개인이 누려왔던 기득권 축소에는 저항하고 있기 때문이다.

---

33 Stephen D. King: "When the money Runs Out: The End of Western Affluence(New haven. ci. and London: Yale University Press. 2012. pp49~50

여태까지의 성과로 미루어 볼 때, 진보의 아름다운 꿈은 성공되지 않은 것으로 보인다. 그러나 실패로 끝난 것은 아니다. 소득 불평등 해소를 위한 정부의 성과를 개선하면서 정부의 비대화를 억제하는 데 성공하고 있는 북유럽 국가들이 진보의 꿈을 실현할 수 있는 따뜻한 자본주의의 새로운 모델로 떠오르고 있기 때문이다.

진보의 아름다운 꿈은 포기되어선 안 된다. 양극화 해소에 의한 사회통합 없이 좋은 나라를 만들 수가 없기 때문이다. 대부분의 가난한 자와 극소수의 부자로 구성된 나라는 행복하고 좋은 나라가 될 수 없기 때문이다. 그러나 사회통합을 뒷받침하기 위한 복지 재원의 증세 의존율을 높여 나가서는 안 된다. 민간부문의 경제하려는 의지will to economize 자체를 훼손하여 투자확대에 의한 일자리 창출을 더욱 어렵게 하기 때문이다.

어떤 합리적인 방식으로 복지확장을 위한 재원을 확보할 것인가 그리고 자본에 대한 분배 몫이 지나치게 커지게 되는 자본주의 체제상의 태생적 허점을 어떻게 보완해 나갈 것이냐 하는 것이 진보의 꿈을 안정적으로 실현시킬 수 있는 관건인 것이다.

PART 03

영웅을 기다리며

이제 또 때가 되었는가?

오늘의 대한민국을 일구어낸 우리의 영웅들

대한민국은 나라의 운명이 갈리는 결정적인 순간마다 어김없이 영웅이 나타나서 어려운 시기의 나라를 올바른 방향으로 이끌었다. 영웅은 백성들에게 비전vision을 제시하고 희망을 주었다. 영웅은 백성들과 함께 힘을 모아서 눈앞의 난관을 극복하고 새로운 역사를 개척해 나갔다. 그러한 영웅들이 있었기 때문에 오늘의 대한민국이 당당한 모습으로 자랑스럽게 국제사회에서 어깨를 펴고 서 있을 수 있게 된 것이다.

우리의 첫 번째 영웅은 이승만 초대 대통령이다.

우리나라는 한때 세계지도에서 사라진 나라였다. 지금으로부터 100년 전에 36년간(1910~1945) 한반도는 세계지도에서 'JAPAN'으로 표기되어 지도에서 사라져 버렸다. 세계 제2차 대전 이후 한반도는 남과 북 두 개의 나라로 표기되어 지도에 다시 살아났다. 대한민국의 첫 번째 영웅은 그때 나타났다. 그는 북한에서 수립된 공산주의 계획경제 체제에 맞서서 자유민주주의에 의한 시장경제 체제를 선택하고 북한 정권과의 전쟁 과정을 거치면서 이를 확실하게 지켜냈다. 그는 장기집권의 노욕老慾과 연관되는 부정선거로 국민들의 저항(4.19혁명)을 받아 권좌에서 쫓겨나기는 하였다. 그러나 가장 어렵고 혼란된 시기에 나라의 천년대계의 기초가 되는 정치와 경제의 기본체제를 확고한 신념과 지도력으로 선택해서 세웠다는 점에서 대한민국의 영웅으로 손색이 없다.

우리의 두 번째 영웅은 박정희 전 대통령이다.

5.16 군사혁명을 통하여 집권에 성공한 그는 「5천 년 가난을 5년 안에 극복하자」란 구호를 앞세우고 「일하고 또

일하는 해」를 거치면서 「한강변의 기적」으로 불리는 대한민국의 기적 같은 경제성장의 기초를 닦았다. 그의 지도력이 없었더라면 아직도 대한민국은 개도국의 중간 대열에서 허덕이고 있을지도 모른다. 원조 받아 연명하던 나라에서 원조주는 나라로의 변화는 불가능했을지도 모른다. 그가 우리나라 농촌개발을 위하여 시작한 「새마을 운동」은 아프리카와 동남아 등지의 낙후 농촌 지역의 빈곤타파운동으로 전파되어 아직도 살아 있는 불길로 타오르고 있다. 비록 그가 시민의 자유를 억압한 군부출신의 독재정치인이었지만 그가 이룩한 조국근대화의 빛나는 업적은 대한민국의 또 다른 영웅으로 추대될 수 있는 충분한 조건이 된다.

우리의 세 번째 영웅은 김영삼, 김대중 전 대통령이다.

5.16 군사혁명 이후 32년간(1965.5~1993.2) 대한민국은 군부출신 대통령이 이끈 군사정권이 통치했다. 군사정부의 철권통치에 불굴의 의지로 항의하면서 갖은 압제 속에서도 정치민주화와 문민화의 꿈을 실현시킨 재야의 정치 지도자는 김영삼과 김대중 전 대통령이었다. 두 분은 최대의 정치적 협력자인 동시에 경쟁자였다. 두 분 중에서 어느 한 분

이 빠졌더라면 민주화의 꿈은 더 오랜 고난의 시간을 요구했을지도 모른다. 그리고 더 큰 사회적 비용부담을 요구했을지도 모른다. 대한민국은 정부 수립 이래, 자유민주주의 정치체제를 표방하긴 했지만 정부수립의 혼란기와 6.25 혼란의 과정에서 그리고 군사정권통치 과정에서 자유민주주의는 신장되기는커녕 오히려 억압되어왔던 것이 사실이다. 김영삼, 김대중 두 분은 협력과 경쟁으로 이 땅에 자유민주주의의 꿈을 실현시킨 역사적인 공로가 있다. 그리고 제14대와 제15대 대통령으로서 평화적인 정권교체를 처음으로 실현시킨 역사적 공로가 있다. 두 분의 협력으로 이루어질 수 있었던 자유민주주의 실현의 공로는 두 분을 대한민국의 영웅으로 추대할 수 있는 충분한 조건이 된다고 할 것이다.

시대가 영웅을 만든다고 한다. 특히 난세亂世에 영웅이 탄생된다고도 한다. 해방 이후 두 쪽으로 갈라진 한반도의 남북한 체제 경쟁이 시작된 엄중한 시대 환경하에서 이승만 영웅이 탄생되었다. 6.25 전쟁 이후의 폐허에서 절대 빈곤 상태를 극복하기 위한 조국 근대화 과정에서 박정희 영웅이 탄생되었다. 그리고 30여 년간 이어진 군사정부의 철권통치를 종식시키고 민주화를 실현시키는 과정에서 김영삼 영웅, 김대중 영웅이 탄생되었다.

그렇다면 어떠한 시대적 환경이 대한민국의 새로운 영웅 탄생을 요구하고 있는가?

정치판의 혼란을 수습, 변화시켜야 한다

먼저, 목표 없이 방황하고 있는 혼란의 정치판이 영웅 출현을 요구하고 있다. 최순실 사태로 박근혜 대통령은 식물대통령 처지로 전락했다. 차기 대권을 향해서 정치권은 마치 이 왕조李王朝의 말년을 보는 듯 뚜렷한 명분 없이 사분오열四分五裂되고 있다. 대통령이 되겠다는 사람들은 흘러넘친다. 그러나 장기 저성장의 늪에 빠진 경제위기를 어떻게 극복하고 사회통합을 어떻게 이룰 것인지 그리고 북핵위기가 초래하고 있는 외교·안보 위기를 어떻게 헤쳐 나갈 것인지 등의 핵심 현안 과제에 대한 설득력 높은 해결논리를 접하기는 어렵다. 단지 형평 실현과 복지강화 등 감성적 호소력이 큰 공약에 매달리면서 좌클릭하는 정치인들만 늘어가고 있다.

그러나 복지예산이 늘어나면 세금이 늘어나고 세금징수가 경기부진과 저성장의 지속으로 여의치 않으면 국가채무가 늘어날 수밖에 없다. 현 세대가 갚지 못하는 나라 빚은 결국 미래 세대가 갚아내야 한다. 미래 세대가 갚아야 할 빚으로 현재 세대의 복지확장을 시도하면서 막상 입으로는 미래의 복지국가 실현을 강조한다. 새빨간 거짓말이다. 유럽 모든 나라들이 겪었거나 현재도 겪고 있는 대표적인 정부 실패의 사례다. 표를 구걸하기 위해서 거짓말이 성행하는 한국의 정치판이 정말 역겹다.

시대착오적인 정책 선택의 끝은 어디인가? 근대 복지국가의 모범적인 사례로 손꼽히던 스웨덴 등 북유럽 사회민주주의 체제 국가들은 작은 정부 체제로 전환하면서 경제위기를 벗어나고 있다. 그러나 해마다 증가해 왔던 복지정책의 돌연한 후퇴에 반발하는 유권자의 항의 때문에 그리스, 포르투갈, 이태리 등 남유럽국가들은 정책개혁에 실패한 채 국가부도 상태의 나락으로 굴러 떨어지고 있다.

미국의 새 대통령으로 선출된 도널드 트럼프의 정책 공

약의 목표는 「새로운 최강 미국」의 건설이고 이를 위한 핵심 정책기조는 「낮은 세금에 의한 작은 정부」 체제다. 대표적으로 현행의 법인세율 35%를 15%로 대폭 줄이겠다는 것이다. "Made in USA"의 찬란했던 위용을 되찾고 이를 통해서 미국 내 일자리를 획기적으로 늘리겠다는 것이다. 세계적인 제조업 등 기업들이 다시 미국으로 몰려드는 변화가 시작되면 세계 각국의 경제운영 정책 기조도 경쟁력 강화 위주로 좋든 싫든 바뀌어 나갈 수밖에 없다.

그러나 한국의 정치판은 국가 경쟁력을 오히려 후퇴시킬 수밖에 없는 정책만 경쟁적으로 양산하고 있다. 대선을 앞두고 개발·제시되고 있는 정책 공약은 하나같이 국민을 보다 잘살게 하겠다는 목표를 가지고 있다. 그리고 이러한 공약은 주로 정부의 예산 사업 위주로 짜여 있다. 세계적으로 퇴조 추세인 큰 정부 체제 지향적인 정책들이 오히려 확대되고 있는 시대착오적인 정치행태가 대한민국 정치판에서 벌어지고 있는 것이다. 이대로 가다가는 천신만고 끝에 도달한 선진국 문턱에서 도로 미끄러져 내릴 수밖에 없다. 이대로 두었다가는 우리의 미래 세대들은 가난해진 개도국 국민의 처지에서 빚더미 속에서 어렵게 살아갈 수밖에 없다. 이게 소위 미래 지향적인 정책이 지향하는 모습인가?

좌편향左便向적인 정책의 확장을 견제해야 할 이 땅의 보수 정치세력은 최순실 사태라는 직격탄을 받고 도덕적, 문화적, 정치적인 정당성을 잃은 채 맥없이 흩어지고 있다.

자유민주주의, 시장경제주의, 자유통일주의를 지키고 이어나갈 구심적인 정치세력의 존재감이 희미해지고 있는 가운데 인기영합적인 정책수단만 만개滿開하고 있는 정치판의 변화를 일으켜야 한다. 대한민국의 비전을 제시하고 이를 실현하기 위한 정책의 바람직한 변화 방향을 제시하며 변화를 앞서서 인도해 나갈 새로운 정치지도자의 출현을 시대는 요구하고 있는 것이다.

한국경제의 위기가 영웅 출현을 요구하고 있다

2%대의 저성장은 이제 만성화되고 있고 수출과 내수 그리고 투자가 동반 위축되고 있다. 고용시장은 얼어붙어 실업률은 3.4%로 높아졌다. 특히 청년실업률은 9.8%로 치솟았고 심지어 취업 포기자 수(50만 명)가 청년 취업자 수(46만

명)를 훌쩍 넘어서는 기이한 일마저 벌어지고 있다.

청년들의 열정과 도전 의지가 싸늘하게 식고 있는 통에 한국경제의 희망의 촛불도 사그라들고 있는 셈이다.

밖으로는 만성적인 과잉재고 탓에 초래된 불황의 지속으로 세계경제의 역동성은 뚝 떨어졌고, 보호무역주의의 역풍마저 거세지고 있는 가운데 한국을 먹여 살려오던 수출은 몇 년째 감소 추세를 이어오고 있다. 안으로는 인구고령화와 저출산이 한국경제의 성장 잠재력을 좀먹고 있고, 가계부채도 사상 처음으로 1,300조 원을 돌파하고 있다. 이 때문에 가계소비와 기업의 투자 심리가 함께 얼어붙고 있다.

위기탈출을 위한 각종의 경제 활성화 입법을 야당은 국회선진화법을 무기로 하여 사사건건 트집 잡아 구조개혁 작업을 지연시켜 왔다. 고액연봉을 받는 귀족 노조들은 임금인상을 요구하는 시위와 파업을 거듭하고 있고 헌법재판소의 심판을 기다리고 있는 식물대통령 치하에서 복지부동의 보신주의에 찌든 관료사회의 근무 풍토는 더욱 만연되고 있다. 모든 경제 주체가 나름대로의 이기주의에 사로잡혀서 모두가 손 놓고 주저앉아 남의 탓만 하고 있는 통에 한국경제는 활력을 잃고 점점 더 깊은 수렁 속으로 빠져들고 있다.

한국경제의 활력을 되찾게 해야 한다. 꽉 막힌 한국경제의 돌파구를 제시하고 다양한 경제 주체들과 소통하고 협력하면서 활로를 열어가야 한다. 군림하는 정치 지도자가 아니라 각 경제주체들과 활발히 소통하면서 정치의 경제 발목 잡기 행태를 근절시킬 수 있는 새로운 정치 지도자의 출현을 시대는 요구하고 있다.

"대북송금", "미소금융", "미르·K스포츠" 등처럼 정부가 검찰, 국세청 같은 권력기관을 앞세워 기업을 옥죄고 협박하여 추진해 왔던 소위 VIP 관심 국책 사업을 근절시키는 등 기업의 자율성을 확립해줄 수 있는 정치 지도자, 조세경감과 규제완화를 통하여 경제활성화 분위기를 조성함으로써 기업의 경쟁력 향상을 이끌어 국가경쟁력 향상을 도모하려는 정치 지도자, 그리고 제4차 산업혁명 시대에 선제적으로 적응하여 새 일자리를 창출하기 위한 신산업 추진 기반 조성에 국력을 모아서 미래세대의 먹거리를 창출할 수 있는 지도자를 시대는 요구하고 있는 것이다.

안보와 외교 위기가 영웅 출현을 요구하고 있다

한반도는 중국으로 대표되는 대륙세력과 일본으로 대표되는 해양세력의 위협과 침공 속에서 역사상 998번의 전쟁을 치르면서 오늘에 이르고 있다.[34] 근세(구한말)에 이르러서는 대륙세력에는 러시아가, 해양세력에는 미국이 가세하여 한반도의 정세에 큰 영향을 미치고 있는 소위 주변 4강을 형성했다. 세계 제2차 대전의 종전 이후, 주변 4강은 한반도를 남과 북으로 나누어서 남한은 미국과 일본의 영향권으로, 그리고 북한은 중국과 소련의 영향권에 속하는 지역으로 독립시켰다.

34 대륙세력(수)의 침공으로부터 나라를 지켜낸 고구려의 을지문덕 장군과 해양세력(일본)의 침공으로부터 나라를 지켜낸 조선의 이순신 장군은 대표적인 우리 민족의 영웅으로 오늘날에도 회자되고 있다.

강대국에 둘러싸인 나라가 독립과 존엄성을 지켜나가기는 무척 어렵다. 한 순간의 정세 오판誤判으로, 그리고 주변 강대국 간의 세력균형 상태가 흐트러지면서 나라가 몇 토막으로 분할되고 급기야는 지도에서 몇 번씩이나 사라졌던 지구상의 대표적인 나라는 폴란드였다. 18세기 폴란드는 국경을 맞대고 있는 프로이센, 오스트리아, 러시아 등 3국에 의해서 국토가 몇 차례 분할된 끝에 1795년 마침내 지도에서 사라졌다. 세계 제1차 대전이 끝나면서 123년 만에 나라를 되찾았으나 1939년 독일과 소련의 양방향 침공으로 나라가 두 쪽으로 나뉘면서 다시 지도에서 사라졌다. 세계 제2차 대전이 끝나면서(1945) 폴란드는 독립국가로 지도에 다시 이름을 되살렸다.

북한 핵미사일 위협에 대응하기 위한 방어용 무기로 한반도에 사드를 설치하는 문제를 두고 중국이 반발하면서 대한민국의 외교·안보능력이 시험대에 오르고 있다. 중국은 한류스타 방송출연 억제, 화장품 수입억제 등 통상 보복조치에 이어서 전폭기가 포함된 군용기 10여 대를 사전 통보 없이 우리 측 방공식별구역을 침범시키는 등 북핵 대응 자위권自衛權차원에서 결정한 우리의 사드배치방침에 대해서 노골적인 불만을 강하게 표시하고 있다. 일본 역시 소녀상 설치 문제 등을 두고 한일 간 외교적 합의사항 위반을 들먹이면서 주한 일본대사를 자국으로 소환하는 등 외교적 결례를 서슴지 않고 있다. 그러나 미국은 미국우선주의America first 원칙만 뚜렷이 한 채 중·일과 한국과의 관계에 대한 입장을 비롯한 구체적인 한반도 정책방향은 여전히 짙은 안개 속에 머물러 있다. 비록 강경파 인사들이 국무·국방장관에 전진 배치되기는 하였지만 한국이 얼마나 북핵 대응 위한 방위비용을 추가로 요구받게 될지도 미지수다. 이 와중에 탄핵심판 결과를 기다리고 있는 박근혜 대통령은 식물대통령 처지인지라 정상 외교 채널은 굳게 닫힌 채 작동되지 않고 황교안 대통령 권한 대행 체제는 사태의 적극적인 해결보다는 소극적인 현상유지에 치중할 수밖에 없는 형편이다.

북핵은 한민족을 공멸共滅의 길로 인도하는 큰 위협이다. 그러나 북핵 위기를 잘 추슬러서 북한을 큰 가슴으로 포용할 수만 있으면 남한의 자본과 기술을 북한의 노동력과 결합시켜서 보다 강력한 국가 경쟁력을 일구어 낼 수 있다. 강력한 경쟁력을 가진 한반도 상품[35]은 해로海路와 육로陸路를 통하여 전 세계 소비자에게 배송·애용되면서 한반도의 통일한국을 일류국가 반열로 성큼 밀어 올리게 될 것이고 주변 나라들도 통일 한국의 저력을 감히 얕보지 못하게 될 것이다. 이것이 한민족 모두가 소원하는 「통일대박」의 모습이다.

북핵위기로 조성된 현재의 심각한 외교·안보상의 위기는 한반도를 다시 지도에서 사라지게 할 수도 있고, 아니면 주변나라들이 감히 범접할 수 없는 동방의 당당한 강국으로 도약할 수 있는 발판이 될 수도 있다. 이러한 중차대한 시대적 환경이 우리민족의 새로운 영웅 출현을 요구하고 있는 것이다.

---

35 「Made in Korea」 상품은 「Made in South Korea」 상품이나 「Made in North Korea」 상품과는 전혀 다른 가치와 감동을 세계 소비자들에게 선사할 것이다.

헛다리만 짚고 있는 경제체제 개혁 논쟁

작지만 더 나은 정부를 지향하는 경제체제 개혁

밀턴 프리드만(1912~2006)은 신자유주의 경제이론을 주도한 시카고학파의 대표적 경제학자로서 1976년 노벨경제학상을 수상한 바 있다. 그는 운명하기 2년 전 자신이 이룩한 업적을 스스로 평가하면서 다음과 같이 말했다.

"제2차 세계대전이 끝난 후 사회주의자들이 득세하였지만 실제로는 자유시장을 갈망하는 사람이 많았다. 현재는 많은 사람들이 자유시장 제도를 옹호하고 있지만 실제로는 상당히 사회주의적인 성격을 띠고 있다. 우리는 이념(사상) 전투에서 크게 승리했지만 그런 전투에서 이길 수는 없다.

우리는 사회주의의 발전을 지연시키는 데는 성공했지만 그 것의 경로를 전복시키는 데는 성공하지 못했다.[36]

자유시장 제도를 선택한 많은 나라의 정부는 유권자의 요구를 받아들여서 점차 사회주의적인 정책 수단을 강화하게 되고 이를 실천하기 위해서 알게 모르게 국민들에게 더 많은 비용을 부담지우는 큰 정부 체제로 전환되었다. 많은 나라가 자유시장 제도를 옹호하고는 있지만 실제로는 사회주의적인 정부 체제로 변해가고 있다는 것이다. 이에 따라서 전 세계의 상당히 많은 나라의 정부가 1990년대에 북유럽 국가들이 겪었던 것과 같은 문제에 공통으로 직면하게 되었다. 그러나 문제는 더 알뜰한 정부뿐만 아니라 더 나은 정부를 만들어내기 위하여 비용은 덜 들이는 대신에 정부서비스의 질은 더 뛰어나도록 바꾸어 내는 개혁이 필요하다는 것이다. 스웨덴, 덴마크 등 북유럽 복지국가들이 행했던 것처럼 정부의 성과를 개선하면서 정부

36 Angus Burgin, 「The Great Persuation: Reinvesting Free Markets Since the Depression」 Cambridge MA: Harvard Univ. Press. 2012. P233

의 비대화를 억제하는 개혁이 성공적으로 추진되어야 한다는 것이다.

권위주의적인 큰 정부체제를 개혁해야 한다

정치체제가 권위주의적인 개발독재 시절에서 민주주의 시대로 변했고 세계경제가 신자유주의적인 작은 정부 체제의 경쟁 속에서 세계화의 물결에 휩쓸리고 있는데도 불구하고 경제를 운영하는 방식에 관한 한 우리나라는 국가가 주도하는 소위 관치경제官治經濟체제를 계속 유지해 왔다. 이 과정에서 정부 산하의 300여 개에 달하는 공기업, 공사 및 청 단위 공공기구들의 재정규모는 천문학적으로 팽창했다. 이에 따라 인사권을 행사하는 대통령과 대통령이 임명한 공공기관장, 그리고 공공기관의 업무를 감독, 통제하는 행정부의 권한은 해가 갈수록 비대해졌다. 그러나 공공기관의 경영성과에 대한 책임은 인사권과 감독권을 행사하는 관료행정체계가 전혀 지지 않는 독특한 군림형 관치경제시대가 언제까지 계속되어야 하는가?

관치경제체제의 폐해를 시정해야 한다. 경영성과가 지속적으로 나쁜 공기업은 민영화를 통하여 효율화하고, 공기업체계를 통해서 공공재公共財 공급을 계속 유지해야 할 필요성이 크다는 것이 입증된다면 사업성과에 대한 책임을 해당 공기업 경영층뿐만 아니라 지휘, 감독권한을 행사한 관료행정체계에 물을 수 있도록 관치경제체제를 개혁해야 한다.

관료행정체계의 비대화가 진행되는 과정에서 큰 정부 체제하의 무책임성과 무사안일 위주의 보신주의가 자리 잡게 되었고 인·허가와 규제관리 과정에서 만연된 관료사회의 갑질관행이 부패공화국의 오명을 쓰게 되었다. 이에 대응하기 위한 극약처방으로 소위 '김영란법'이 채택된 것이 아닌가?

그러나 큰 정부하의 개발독재시절은 이미 끝났음에도 관치경제 시대의 폐해는 여전히 지속되어 민간부문의 자유로운 경쟁을 통한 국가경쟁력 향상을 저해하고 있다.

한국은 절대빈곤국에서 출발하여 선진국의 문턱에 가장 빠른 시기에 도달할 수 있을 정도로 급속한 경제성장을 성공시킨 나라다. 세계에서 유례를 찾기 어려운 정부주도적인 경제성장모형을 창조·적용했기 때문이다.

산업화 초기에는 가발, 섬유 등 경공업에서 출발하여, 중화학공업으로 그리고 산업화 후기로 접어들면서 반도체 등 정보기기와 소재산업으로 국가의 주력산업을 적절히 변화시켜 왔다. 정부의 계획에 따라 모든 자원은 주력산업 분야에 집중 투입되었고 차별적인 지원정책이 뒷받침되었다. 농업부문의 노동력·토지 등 생산자원도 수출제조업 등 도시 산업부문으로의 활발한 이동이 추진되었다. 국제 경쟁력 확보를 위하여 기업의 집중화에 의한 독·과점이 허용·권장되었다. 이 과정에서 최단시기 안에 재벌그룹이 형성될 수 있었다. 좁은 내수시장의 한계를 극복하기 위하여 수출 산업에 대한 금융지원도 효과적으로 계속되었다. 이 결과 수출산업이 중심이 되는 재벌중심적인 경제운영체계가 확고하게 자리 잡게 되었다.

대한민국 경제를 기획하고 조정하며 감독하는 권위주의적인 큰 정부 체제는 비단 군사정부 시절뿐만 아니라 민간정부 시대가 열린 이후 오늘날까지 계속 그 통치방식을 많은 부분에서 유지 답습하고 있다. 관치경제체제와 재벌 중심의 선단船團형 기업관리 방식이 그것이다.

삼성그룹 총수의 구속수사를 계기로 하여 '재벌개혁'을 통한 기업지배 구조개선이 우리사회의 새로운 화두로 떠오르고 있다. 경제성장 초기에 소수의 유능한 대기업에게 부족한 자본 등 자원배분을 집중시킴으로서 경제성장을 이끌게 했던 것이 재벌기업의 탄생 배경이었다.

재벌기업이 집중적인 성장을 통한 소위 낙수효과落水效果로 높은 경제성장을 선도하게 했던 지난 반세기 동안의 대한민국 경제성장모델을 이제는 수정해야 할 때가 왔다는 것이다. 적은 지분持分으로 거대기업집단을 선단船團운영식으로 지배하는데 따른 비효율성과 자원배분의 왜곡을 개선하는 일이 먼저다. 경영권을 오너의 혈연적 관계에 의존하여 세습하는 과정에서 발생하는 정경유착, 불공정거래, 자본의 비효율적 투자 등 수많은 부작용과 폐해를 개선하는 일이 다음이다. 기업 지배구조 개선을 통하여 자본시장 내의 경제민주화를 실현시켜야 한국 경제가 새로운 도약의 계기를 맞이할 수 있다는 것이다.

2세·3세·4세로 이어지는 한국형 '오너' 경영체제의 최대 약점은 기업가 정신이 희석되어 과감하고 적극적인 경영을 기피하는 대신에 현상유지적인 경영에 안주하고자 하는 경향이 심화된다는 것이다. 이에 따라서 미래의 제4차 산업혁명 등 대외환경의 혁명적 변화에 대한 적응력이 떨어져서 우리 경제의 지속가능한 성장이 저해되기 때문이다. 최순실 사태를 계기로 정경유착이 사라진 공정한 국가지배구조와 함께 기업의 지배구조 역시 투명하고 정의롭게 바뀌져야 한다고 시대는 요구하고 있다.

일찍이 자본주의 경제체제를 도입하고 이를 발전시켜온 유럽과 미국 등이 선택하고 있는 자본주의는 대한민국이 공산주의와의 대결과정에서 선택한 자본주의와는 출발도 달랐고 드러나고 있는 문제점도 다르다. 이에 따라 제도개혁의 방향마저 판이하게 다른 것이 현실이다. 미국과 유럽 나라들이 자유방임적 초기자본주의 시대를 거쳐서 대공황 이후 큰 정부 체제로 전환했다가 "큰 정부, 과도한 조세, 그리고 관료주의에 맞선 저항"을 역설한 마거릿 대처 영국수상과 로널드 레이건 미국 대통령이 주도한 작은 정부로의 회귀혁명[37]도

37 Christian Caryl, 〈Strange Rebels : 1979 and the birth of the 21st Century〉, New York, Basik Books. 2013. P54

우리 경제는 겪지 않았다. 물론 과도한 복지정책으로 늘어난 국가채무로 인하여 나라가 부도위기로 내몰린 남유럽 국가들의 고통도 겪지 않았다. 그리고 2008년 '리먼브러더스' 사태로 촉발된 세계금융위기 극복과정에서 신자유주의 경제질서를 추구하는 작은 정부 체제하에서 심화되고 있는 소득 양극화 현상 해소를 위한 사회적 진통도 별로 겪지 않았다.

그런데도 정치권 일각에서는 신자유주의경제 질서의 폐해를 지적하면서 소득 양극화 해소를 위한 복지정책의 확대를 주장한다. 그러나 우리나라는 작은 정부 체제하의 신자유주의 경제체제를 경험한 적이 한번도 없다. 더구나 선심성 복지정책의 확대는 증세增稅와 국가채무 증가로 연결될 것이고, 결국 대한민국의 개발독재 시절로부터 형성되어 왔던 권위주의적인 큰 정부 시스템을 더 크게 만드는 결과로 이어질 수밖에 없다.

권위주의적인 큰 정부 체제는 역사적 소임을 다했으므로 최순실 사태를 계기로 박근혜 대통령과 함께 역사 속으로 사라져야 할 구시대의 정치체제임은 분명하다. 그런데도 진보주의 정치인들은 우리의 큰 정부 체제를 더 키우겠다고 한다.

이게 무슨 경제체제 개혁이냐? 무엇을 위한 개혁을 주장하며 정치권이 나라경제를 온통 뒤흔들고 있는 것이냐?

정경유착의 고리부터 끊어내야 한다

최순실 사태는 권위주의적인 대한민국 정부 시스템이 행하고 있는 착취 시스템의 민얼굴을 그대로 보여주었던 사건이다. 우리나라의 대표적인 재벌 그룹 총수들이 모두 한자리에 불려 나와서 국회의원들의 속내가 뻔한 유도성 질문에 긍정도 부정도 못하고 '모르쇠'만 남발하는 민망한 모습을 연출하였다.

왜 재벌 총수들은 돈을 권력층에 갖다 바치고도 억울하다는 말도 못하고 때로는 구속까지 당하는 처벌을 받는가? 정경유착 때문이다. 정부로부터 혜택을 받고 기업이 사업을 추진 또는 성공시킨 대가로 권력을 가진 정치권이 요구하는 협조요청에 순응하는, 즉 정치와 경제가 부정을 고리로 연결돼 있는, 다시 말하면, 기업과 정치가 불가분의 관계를 형성하고 있는 이상한 사업생태계 때문이다.

왜 기업들은 준조세準租稅 형태의 부당한 착취를 별수 없이 감수하고 있는가?

정부나 정치권의 요구를 거부하면 보복을 당할 수도 있다는 두려움이 있기 때문이다. 정부가 보복할 수 있는 제도를 가지고 있는 큰 정부 체제이기 때문이다. 민간이 가장 두려워하는 곳은 수사권과 기소권을 모두 가진 검찰이다.[38] 대한민국 검찰은 마음먹으면 못하는 것이 없다. 한번 기소 당하면 대법원 판결까지 재판이 진행되어 사건의 결말이 나기까지 수년이 걸린다. 민간이 이를 어찌 버티어 내겠는가? 차라리 권력층이 원하는 해답을 내주는 타협이 낫다고 생각하지 않겠는가?

권위주의적인 정부는 검찰권을 통하여 기업을 압박한다. 기업 측에서는 권력의 눈 밖에 나면 견디기 어렵다고 판단하고 제대로 불평도 못하고 권력이 요청하는 바를 충족시켜줄 수밖에 없다. 이것이 국회의 재벌기업 청문회에서 기업 총수들이 연출한 민망한 표정의 속사정이다. 정치권은

38 미국에서는 중요한 수사를 FBI가 맡는다. 경찰은 주로 치안유지를 담당한다. 검찰은 FBI와 경찰이 수사한 사건을 검토한 후 기소여부를 결정한다. 과잉 수사를 했거나 증거가 불충분하면 불기소 한다. 견제와 균형이 이루어지는 것이다..

기업과 정권의 돈거래 통로 구실을 수행한 전국경제인연합회를 해산하라고 윽박지르면서 증언대에 자리한 재벌총수들의 거수 동의까지 확보했다. 그러나 이건 정답이 아니다. 검찰제도부터 근본적으로 고쳐야 한다. 감사원의 위상도 바꿔야 한다. 이와 함께 국세청, 공정위, 금감위 등 기업경영활동과 밀접한 연관성을 맺고 있는 공권력의 권한도 작은 정부 체제로 축소해야 한다. 인·허가권을 틀어쥐고 있는 정부 각 부처가 행사하는 다양한 규제도 시대변화에 맞추어 대폭 완화·개선해야 한다. 이를 통하여 정치권과 정부관료들의 「갑질」 관행을 근절시켜야만 민간의 경제활동이 자유로운 경쟁을 통하여 활성화되기 때문에 우리 경제가 다시 살아날 수 있다.

예컨대 30년 전, 정부는 농산물 출하 농민의 권익 보호를 위하여 도매시장으로 반입되는 모든 농산물을 경매를 거치게 하는 강력한 규제를 「농안법」에 담아서 현재까지 유지, 시행하고 있다.

그러나 경매차례를 기다리는 대기차량 때문에 시장의 혼잡도는 극에 달하고 있고 경매대기 시간 동안에 신선농산물의 품질저하 현상마저 일어나고 있다. 또한 이미 출하지에서 가격이 미리 결정돼 있는 고급농산물과 수산물 등은 소위 「기록상장」이란 편법거래방식에 의한 거래가 광범위하게 행해지고 있다. 이 결과로 높아진 유통비용은 출하자와 소비자에게 고스란히 전가되고 있다. 30년 전부터 시행되어 오던 이 규제는 유통환경이 급변하고 오히려 출하농민의 권익이 침해되고 있는데도 불구하고 기득권자의 반발 때문에 현재에도 계속 유지되고 있다.

그러므로 도매시장의 경매거래에 관한 규제는 농민의 출하선택권을 넓혀주고 유통 종사자들의 자유로운 경쟁을 촉진시키는 방향으로 개선, 완화되는 게 올바른 방향이다. 정권이 바뀔 때마다 제기되는 규제 완화 내지 개선 논의가 흐지부지되는 것은 결국 규제 유지를 통한 관료들의 갑질 행위 유지 희망과 기득권층의 치열한 로비가 상승작용을 했기 때문이다.

한국만의 독특한 사회복지 시스템을 만들어야 한다

소위 「김영란법」으로 개발독재 시절부터 우리 사회

에 깊숙이 자리 잡아 왔던 부정청탁의 잘못된 관행 해소를 위한 최소한의 기틀은 비로소 갖추어졌다. 그러나 새 발의 피鳥足之血에 불과한 개혁에 머물러서는 안 된다. 보다 시급하고 근원적인 부정과 부패는 정경유착에서 비롯되고 있기 때문이다. 정경유착의 고리를 끊어내기 위한 권위주의적 큰 정부 시스템의 개혁을 위한 논의가 대선 판의 주요 이슈로 떠올라야 하는 이유인 것이다.

소득 불평등 현상을 치유하고 나아가서 사회통합을 이루기 위하여 복지지출 확대는 피할 수 없는 선택이긴 하다. 그만큼 우리사회 각 계층 간의 불화와 반목이 심각한 지경에 이르렀기 때문이다. 또한 우리 정부의 재정 사정이 선진국 정부들보다 훨씬 건전성이 높아서 복지지출을 늘릴 수 있는 여력餘力이 아직도 있기 때문이다. 그러나 복지지출을 늘린다고 해서 일자리, 특히 심각한 청년 일자리는 늘어나지 않는다는 게 문제다. 일자리는 기업들이 자유롭게 경쟁하는 시장에서 지속적으로 창출되기 때문이다. 그러므로 기업들이 정부 간섭과 통제에서 벗어나 자유롭게 경쟁할 수 있는 기업 환경부터 만들어줘야 한다.

기업들이 정부의 권력자와 정치권에 제공해 왔던 준조세

성격의 막대한 자금을 소위 「사회통합기금」으로 한군데로 모아서 경제적 약자를 위한 복지지출 재원으로 사용하는 방안을 적극적으로 검토할 필요가 있다. 이를 감당, 운영하기 위해서 해체위기로 몰린 전국경제인연합회를 사회통합위원회로 바꾸어서 특수목적법인으로의 직무를 수행하도록 유도하는 것이 바람직스럽다.

"대기업들이 자발적으로 모은 자금으로 경제적 약자를 조직적으로 부조함으로써 계층해소를 통한 사회통합을 이루어 나간다." 사회부조 목적으로 풀린 돈은 소비활성화를 유발하여 침체된 경기를 살리면서 다시 기업으로 환류된다. 얼마나 멋진 일인가?

한국만의 독특하고 설득력 높은 사회부조 시스템이 아닌가?

대신에 복지확대를 위한 목적의 증세增稅는 최소화함으로써 기업 활동을 진작시키고 기업의 국제 경쟁력을 강화시켜 나가는 것이 올바른 방향이다. 복지확대를 위한 증세를 주장하는 큰 정부 지향적인 정책은 세계적으로도 심각한 시행착오를 겪은 적이 있는 한참 멀리 빗나간 헛다리짚는 정책일 뿐임을 알아야 한다.

보수와 진보의 조화로 일구어 내야 할 신세계

자본주의의 진화와 대한민국 경제 시스템의 성과

시장경제에 기반을 둔 성공한 자유민주국가체제는 하루아침에 이루어지는 것은 아니다. 자본주의 경제 질서가 자리 잡은 서양에서는 심각한 빈부격차 문제, 과도한 국가 채무에 의한 국가부도의 위기, 그리고 수차례의 정권교체 등 숱한 경제적, 정치적 위기를 극복하면서 그들 나름의 독특한 자본주의체제를 유지, 발전시켜 왔다. 그리고 서양 자본주의는 현재 제4의 정부혁명 시대로 진입하고 있다. 가장 좋은 정치와 경제 질서를 창출하기 위해서 자본주의는 쉬지 않고 수정되면서, 진화하고 있는 것이다.

세계 어디를 다녀 봐도 대한민국만한 나라는 많지 않다. 이 만큼의 치안유지 속에서, 이 만큼의 의료혜택과 자유를 누리면서 이 만큼 무던하게 살 수 있는 생활여건을 국민들에게 제공해주는 나라는 찾아내기가 쉽지 않다. 그것도 6.25전쟁으로 폐허화된 나라에서 출발하여 북한과의 군비軍備경쟁으로 반세기를 넘는 기간 동안에 막대한 재정을 쏟아 붓고 있는 가운데 이만큼의 생활기반을 갖추었다는 점은 놀랄 만한 일이다.[39] 그런 점에서 대한민국 정부의 국가관리 시스템과 이를 뒷받침해온 보수적 정치 시스템은 긍정적인 평가를 받을 만한 자격이 있다.

그러나 촛불민심의 흐름과 구체적인 경제흐름의 바닥에서 심상치 않은 구조적 위기의 전조前兆가 나타나고 있다는 점에서 위기를 초래하고 있는 국가관리 시스템과 정치 시스템은 강력한 개혁요구를 받고 있다. 대통령 탄핵 사태를 불러온 최순실 사태는 국가관리 시스템의 공정성 훼손을

39 정부 초청으로 대한민국을 방문한 6.25전쟁의 은퇴참전용사들은 대한민국의 변화된 모습에 하나같이 경탄을 금치 못하는 것이 좋은 예이다.

방지할 수 있는 근본적 장치를 요구하고 있다. 국정공백 사태의 장기화란 위기상황에서도 제 잇속만 챙기려는 무책임한 정치권의 재정비도 요구하고 있다.

국가관리 시스템의 허점을 메우고 경제 위기대응 매뉴얼을 현실에 적합하게 재조정해야 한다. 나아가서 급속하게 변화되고 있는 경제 환경에 대한 적응력 강화를 목표로 하는 국가관리 시스템의 근본적인 변화가 이루어져야 한다.

근본적인 개혁요구에 당면한 국가관리 시스템

경제흐름의 바닥에서는 저소득층 가계 붕괴 사태로 대표되는 우리 사회 빈곤층의 소득이 무서운 속도로 추락하고 있다. 통계청의 자료에 의하면 월 소득 기준으로 하위 10%에 속하는 빈곤층의 가처분소득은 2016년 3분기의 경우 작년 동기와 비교해서 16%나 급격히 감소하고 있다.(그림2)

| 그림 2 | 빈곤층 가처분소득 증감률 추이

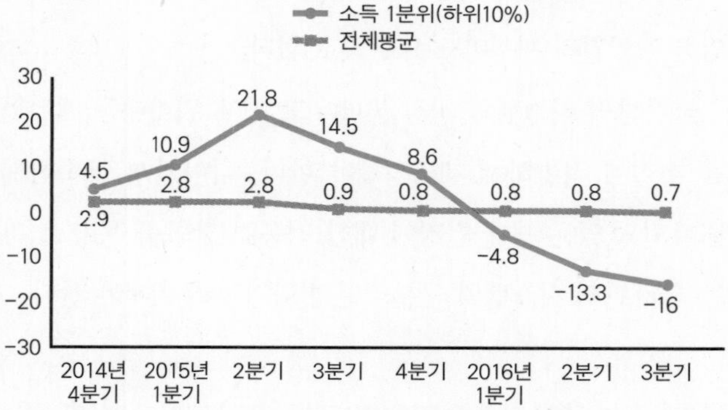

경제 불황이 오래 지속되면서 일용직이나 임시직에 의존해서 근근이 생활하는 저소득층이 제대로 된 일자리를 구하지 못하고 있기 때문에 저소득층 수입이 급격히 줄어들어 생계를 위협받는 지경으로 내몰리고 있다. 저소득층의 실직과 소득급감은 금융안정성을 해치고 사회불안을 조성하는 등의 악순환으로 이어지게 된다. 부족한 생계자금의 조달을 위하여 많은 저소득층이 금융권의 대출에 의존하게 되고 이는 다시 원리금 상환 연체 증가로 이어지면서 금융권의 재무 건전성을 위협하게 된다는 것이다. 예컨대, 서민들이 주로 이용하는 저축은행의 가계대출은 2016년 6월 현재 16조 6,000억 원으로 2년 전(2014. 6)보다 80%가 증가함으로써 금융권의 위기가 점차 현실화되고 있음을 알려주고 있다.

양극화를 해소하여 사회통합을 이루어내야 한다

경기 불황이 계속되면서 많은 중산층이 빈곤층으로 떨어져 빈곤층이 확대되고 있으며 빈곤층의 가난은 더욱 심해지고 있다. 그러나 부의 집중화 역시 계속되고 있다. 이에 따라 경제적 불평등에 의한 사회 양극화는 세계적으로도 더욱 심각한 양상으로 진행되고 있다.

1988~2011년까지 23년간 세계 최하위 10%의 소득은 매년 1인당 3달러씩 증가하는 동안에 최상위 10%의 소득은 매년 1인당 11,800달러씩 증가했다. 이에 따라 2010년에는 전세계 소득하위 50%의 소득합계와 최상위 부자 388명의 소득합계가 같았지만, 2016년에는 최상위 부자 8명의 소득과 하위 50%의 소득합계가 같아졌다. 또한 한국의 최고부

자 18명의 재산은 소득하위 30%에 속한 국민의 재산과도 맞먹는 경제적 불평등의 심화가 진행되고 있다.[40]

부의 집중화와 빈곤층의 확대에 의한 우리 사회의 양극화 심화 현상을 저지하고 사회통합을 이루기 위해서는 불평등을 최소화할 수 있는「포용적 성장」방안[41]에 대한 적극적인 검토와 조속한 도입이 필요하다. 여기에는「진보」가 강하게 요구하고 있는 복지지출 확대가 중요한 정책수단으로 포함되는 것이 바람직하다.

청년층 일자리 창출은 친시장적 정책으로

빈곤층 증가 문제에 못지않게 중요시 되고 있는 현안 과제는 청년실업과 취업포기 인력의 증가 문제이다. 중소기업과 농업 등 영세기업 부문에서는 일손이 부족해서 외

40 국제구호단체 옥스팜이 다보스포럼에 맞춰 발표한 "99%를 위한 경제"란 보고서에서 소득격차의 세계적인 심화 현상을 실증적으로 다루고 있다.

41 2017년 1월17일 개최된 다보스포럼(WEF)에서는 ▷경제적 불평등▷사회 양극화▷환경위험 증대 등 세 가지 리스크가 향후 10년간 지구촌을 위협할 것으로 전망하고 "포용적 성장" 등 불평등을 최소화할 수 있는 400여 개의 세션이 이런 주제를 집중적으로 다루었다.

국노동자 확보에 혈안이 되고 있는데, 청년들이 선호하는 대기업의 일자리는 좀처럼 늘어나지 않아서 청년실업은 늘어나고 있고, 더구나 취업포기 인력마저 함께 늘어나고 있다. 한 국가 내에서 산업부문에 따라서 인력부족 현상과 실업 증가 현상이 동시에 크게 발생하고 있는 특별한 시장이 바로 한국의 고용시장이다.

이 와중에 기존의 일자리마저 급속히 줄어들 수밖에 없는 제4차 산업혁명이 사회과학분야에서 출발하여 전체산업 현장으로 빠르게 확산되고 있다. 제4차 산업혁명은 사물인터넷IOT, 위치기반서비스LBS, 생체인터넷IOB, SNS, 클라우드, 빅데이터 등 디지털 기술로 현실과 가상세계를 융·복합시키면서 연결하는 인공지능 기반의 초연결超連結 산업혁명이다. 제4차 산업혁명에 의한 자동화, 무인화, 로봇화 등 인공지능기술의 실용화가 급속히 이루어지면서 전통적인 취업인력 수요는 크게 달라지고 있다. 이에 따라 인공지능기술에 의해서 생산직뿐만 아니라 관리직 인력의 고용축소마저 일어나게 될 것으로 전망되고 있다. 그러므로 제4차 산업혁명으로 대표되는 기술변화에 적응하지 못하는 사회계층의 실업증가와 이로 인한 사회적 불평등은 더욱 심화될 수밖에 없게 되어있다.

그러므로 청년층이 선호하는 대기업의 일자리를 늘리기 위해서는 대기업의 경쟁력 향상과 공격적인 기업 활동을 제약하는 증세增稅는 억제되어야 한다. 또한 제4차 산업혁명의 기술을 응용하는 신제품의 개발과 판매 활동을 통한 민간부문의 새로운 일자리 창출 차원의 정부지원은 더욱 강화될 필요가 있다. 이러한 관점에서 보수가 주장하는 감세와 규제완화 등 친시장적인 정책수단은 일자리 창출이란 측면에서 오히려 확장 되어야 할 때인 것이다.

복지확대를 위한 재원은 이렇게 확보해야 한다

빈곤층의 확대에 의한 사회의 양극화 현상을 저지하여 불평등을 최소화하기 위해서 재정의 복지지출은 확대될 수밖에 없다. 그러나 법인세율 인상에 의존해서 복지 재원을 확보해서는 안 된다. 증세는 결국 기업의 일자리 창출능력을 저해하고 기업 활동의 위축을 유발할 것이고 이는 다시 실업의 증가와 빈곤층의 재생산으로 연결되는 악순환이 될 것이기 때문이다. 그렇다고 하더라도 심각한 양극화 해소에 의한 사회통합 과정을 건너 뛰어 좋은 나라를 만들 수는 없기 때문에 복지지출 확대를 더 이상 지연시켜서는 안 된다.

그렇다면 복지지출 확대를 위한 재원은 어떻게 확보해야 하는가?

첫째, 권위주의적인 큰 정부 체제하에서 소위 통치자금 등의 형태로 기업들로부터 매년 거둬들였던 준조세 형식의 기업협력 자금과 이로 인해 파생되었던 지하경제地下經濟의 음성적인 「검은 돈」을 양성화시켜서 「사회통합기금」에 포함시킨다.

둘째, 불로소득, 특히 후손의 부富로 귀속되는 불로소득[42]을 상속세제의 강화로 사회로 환수하여 「사회통합기금」에 포함시킨다.

셋째, 사회정의 실현을 위한 조세혁명에 의해서 사회통합기금을 조성한다. 먼저 고소득자가 더 많은 세금을 납부

42 구약성서(레위기 25: 8~12)에 의하면, 안식년을 일곱 번 맞아서 일곱째 달이 되는 50년이 되는 해(희년: jubilee year)에는 노예는 해방되고 땅을 팔았던 자는 다시 땅을 찾게 된다. 즉 50년이면 돈을 주고 샀던 노예나 땅에서 충분히 그 대가를 회수했으므로 모두 소유권을 포기해도 된다는 것이다. 사적 소유에서 비롯된 사회적 불평등을 해소하려는 종교차원의 노력인 것이다.

하도록 누진세율을 혁명적으로 조정한다. 1%의 고소득자 소득의 상당부분을 사회로 환수하여 99%의 경제적 약자를 도와주는 조세혁명으로 조성된 자금을 「사회통합기금」에 포함시킨다.[43] 다음으로 국민의 50% 수준에 달하는 면세자에게 대한민국 국민에게 주어진 '납세의무'를 실행할 수 있도록 다양한 납세 기회를 부여함으로써 발생되는 추가적인 세수稅收를 사회통합기금에 포함시킨다.

넷째, 사회통합기금은 양극화 해소를 위한 제반 정책수단을 집행, 또는 지원하기 위한 목적으로 사용되며, 정부와 경제계 및 시민단체와 학계의 대표로 구성된 특수목적 수행을 위한 특별 위원회가 이를 관리하는 것이 바람직하다.

증세에 의한 공공부문 일자리 창출은 안 된다

한국의 사회적 불평등 해소를 위해서는 복지지출을

43 토마 피케티도 자본의 몫이 계속 커지고 소득 불평등 현상이 상승하는 것을 방지하기 위해서 누진적 소득세율의 인상을 제안하고 있다. 미국 최고의 경영진의 보수가 말단직원 급여의 무려 400배에 이른다는 것은 말이 되지 않는다는 것이다. 그는 현행의 소득세율 30%를 80%수준으로 끌어올려도 노동 의욕에 불리한 영향을 끼치지 않는다고 주장한다. 〈Tomas Piketty, Capital in the 21st Century〉

늘려가야 하는 건 맞다. 그러나 법인세의 증세增稅에 의존해서 복지 재원을 만드는 것은 현재의 권위주의적 큰 정부 체제를 더 큰 정부 체제로 키우는 결과를 초래할 뿐만 아니라, 심각한 관료사회의 갑질 행태를 더욱 강화시키는 결과로 이어질 우려마저 크다.

더구나 일자리는 기업들의 자유로운 경쟁을 통한 시장 활동이 활성화될 때 지속적으로 창출된다. 그러므로 기업 활동의 동기incentives를 훼손하는 증세보다는 감세減稅를 실행하는 작은 정부 체제를 지향하는 정부개혁이 이뤄져야 한다. 이와 함께 기득권 보호적인 해묵은 규제 완화 내지 철폐가 이뤄져야 한다. 말하자면 친시장적인 작은 정부 체제를 지향하는 것이 옳은 방향이다.

정부 간섭이 줄어든 작은 정부 체제하에서 비로소 첨단 제조업과 서비스산업의 활성화가 이루어지고 이를 통하여 생산적인 일자리의 지속적인 창출을 기대할 수 있는 것이다. 정부예산으로 공공분야의 일자리를 늘리겠다는 것은 국민의 조세부담만 늘리는 대신에 큰 정부 체제하에서 만연되고 있는 공공부문의 비효율성만 확대시키는 결과를 초래할 수밖에 없으므로 전형적인 포퓰리즘적인 정책 선택이라 하지 않을 수 없다.[44] 공공부문 일자리 창출 정책은 유럽 복지국가들이 일찍이 도입, 시행했지만 심각한 정책실패로 귀결된 정책인 것이다.

표를 구걸하기 위해서 미래세대에게 큰 부담을 지울 수 밖에 없는 임시방편적 정책수단으로는 좋은 나라를 끝내 만들 수 없다.

촛불과 태극기로 나눠진 국론분열 현상부터 서둘러 마무리지어야 한다.진보와 보수로 편을 가르고 서로 상대방을 악으로 규정하는 데서 국론분열은 심화되었다. 진보와 보수의 대립은 정치이데올로기 또는 비전vision의 차이가 아니라 선과 악의 대립과 투쟁이라는 소모적인 형태로 둔갑되고 있는 딱한 현실인 것이다

오늘날의 정치권에 부여된 시대적 사명은 보수와 진보의 상반된 생각을 조화롭게 아우르는 성숙한 민주주의를 실현시키는 것이다. 보수와 진보의 편협한 편가르기에 의해서 조성된 정치후진의 악순환을 서둘러 끊어내야 할 때이다.

---

44 현재의 공무원 수 100만 명에 더하여 81만 명의 공공부문 취업자 수를 늘린다는 계획은 제대로 된 직장 취업자의 7%를 공무원으로 하겠다는 일자리 창출정책으로서 복지국가 스웨덴에서도 시도되어 실패로 끝난 전형적인 인기 영합적 정책이다.

잊히고 숨겨진 농업의 가치를 발현시키자

경제의 뒷방살이로 전락한 농업의 잠재적 가치

한국농업은 우리경제의 부담산업으로 인식되고 있다. 국제경쟁력이 떨어져서 정부보조 의존적인 산업으로 전락했기 때문이다. 수차례에 걸친 농업 구조개선을 위한 정부의 막대한 투·융자 사업에도 불구하고 해가 갈수록 더욱 위축되기만 하는 상대적인 쇠퇴산업이기 때문이다.

그러나 한국농업은 놀랄 만한 잠재적 가치를 지니고 있다.

좁은 땅에서 이렇다 할 기업체제도 갖추어지지 않은 가족농경영으로 세계 평균 수준보다 높은 생산성을 실현하면서 국민영양열량의 절반을 공급함으로써 5천만 명의 국민을 부양하고 있는 산업이 우리 농업이다. 새마을 운동으로 낙후된 농촌지역사회를 근대화시킨 원동력이 바로 우리 농업이다. 국토와 환경보전적인 기능을 무보수로 생산하여 환경을 정화하고 국토를 가꾸는 역할을 수행하면서 고령화된 노동력과 산간지 다락논 등 우리 경제의 한계적 자원을 군말없이 고용하고 있는 산업이 우리 농업이다.

이러한 농업의 잠재적 가치를 어떻게 발현시켜서 경제발전에 기여토록 할 것인가?

자원결합구조를 혁신적으로 바꾸어야 한다

농업부문의 자본 생산성은 1990년대 초반 자본투자가 가장 왕성했던 시절의 제조업 자본생산성과 필적할 정도로 수익성이 대단히 높기 때문에 기업부문에서 매년 50조 원 이상씩 쌓여가고 있는 사내유보금社內留保金의 투자수요 부족 문제의 해소를 기대할 수 있다.

1970년부터 2010년까지 한국산업의 자본생산성(부가가치액/자본투입액)은 경제성장 과정을 거치면서 꾸준히 저하되어 왔다. 이에 따라서 2012년에는 총자본생산성은 0.29, 제조업 자본생산성은 0.42, 그리고 농업자본생산성은 0.53 수준으로 떨어지고 있어서 민간부문의 사내유보금이 적절한 투자처를 찾지 못하고 쌓여가고 있는 현실인 것이다.

그러나 농업부문의 2010년 초반(2010~2012 평균)의 자본생산성(0.53)은 1990년대 초반(1990~1993 평균)의 투자가 활발하였던 당시 제조업의 그것(0.50)보다 훨씬 높다는 사실을 그림(3)에서 확인할 수 있다.

| 그림 3 | 자본생산성의 산업부문별 변화 추이(1970~2012)

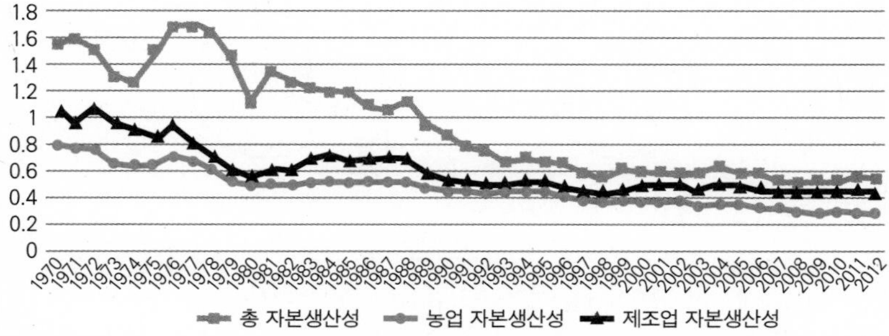

농산물 시장의 개방대응정책으로 농업구조개선대책이 수립되어 20년간 집행되어 왔다. 농지소유, 노동, 생산, 금융 등 수많은 농업구조 중에서 단연코 시급하게 추진되었어야

할 구조개선 분야는 농업자원 결합구조의 개선이다.

민간부문의 유휴되고 있는 자본이 농업부문에 대한 투자로 연결되면 현재의 노동과 토지집약적인 농업자원 결합구조가 자본과 기술집약적인 구조로 전환되어 농식품부문의 생산성 향상[45]과 국제경쟁력 향상이 이루어져서 신상품과 신시장 창출도 기대할 수 있다. 그림(4)에서 보는 바와 같이

| 그림 4 | 온실 형태 간의 생산성과 품질 차이

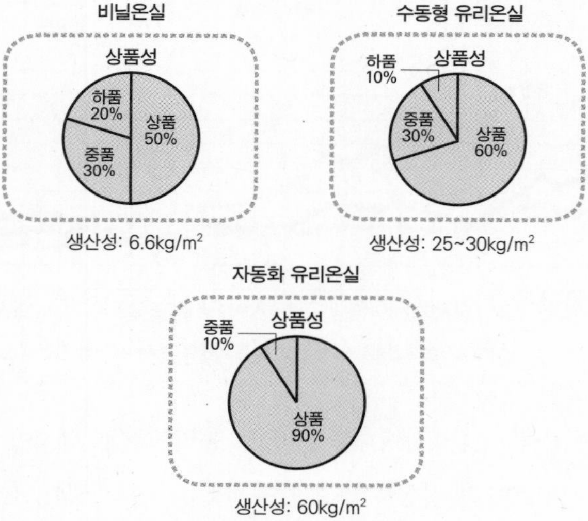

자료 : 성진근, 〈구원투수로 농업세워라〉, 2016, 책넝쿨

자동화 유리온실의 토마토 재배 생산성은 일반 농가에서 행하고 있는 비닐온실의 그것보다 9배나 높고 상품上品 실현율도 2배 정도로 높아지기 때문이다.

또한 대표적으로 빠르게 성장하고 있는 바이오 식·의약품산업에 대한 획기적인 투자증가로 농업을 식량생산업으로부터 BT(생명공학), ICT(정보통신기술), 융·복합소재 산업으로 쉽게 전환시키는 것도 기대할 수 있다.

정부재정의 제약 때문에 농업부문에 대한 획기적인 투자증가가 어렵다면, 민간의 유휴자본이 농업부문에 쉽게 유입될 수 있도록 유도하는 유인정책incentives을 개발해야 한다. 또한 민간투자 참여를 반대하는 일부 농민단체를 설득하는 것도 마땅히 정부의 몫이다.

농업을 수출산업으로 바꿔내야 한다

한국농업은 쌀을 비롯한 모든 농산물이 국제 경쟁에

45 온도와 습도 및 광도가 자동적으로 최적상태로 유지되고 있는 스마트농장에서 생산되는 과채류의 생산비는 일반 비닐하우스의 그것보다 1/8~1/9 수준이고 생산품의 품질도 상향균질화 되기 때문에 수출경쟁력이 높아진다.

완전히 노출된 상태로 총체적인 공급과잉에 의한 가격하락 현상에 시달리고 있다. 과잉공급물량을 처리해주기 위한 정부재정도 한계에 이르고 있다. 정부가 수매해준다고 해도 생산농민이 행복해지지는 않는다. 왜냐하면, 정부가 수매한 보관물량은 수시로 시장에 방출되어 차기의 농산물 가격을 떨어뜨리기 때문이다. 정부보관물량을 더 늘리기도 현실적으로 어렵다. 창고마다 수매된 농산물이 꽉 차 있기 때문이다.

그렇다면, 활로는 무엇인가? 수출뿐이다. 한국농업을 수출산업으로 바꿔내야 한다.

그게 가능한가? 말은 그렇지만 실제로 가능한 일인가?

물론 어렵다. 우리 농산물의 생산비가 국제경쟁력 수준에 한참 미달할 정도로 너무 높기 때문에 지금 당장 이 상태로는 어렵다. 그렇다고 포기하고 주저앉을 수는 없다. 주저앉으면 한국농업은 이대로 망하는 수밖에 달리 길이 없기 때문이다.

예컨대, 필리핀은 매년 200만 톤 내외의 쌀을 수입하고 있고 수입쌀의 15% 정도는 우리 쌀과 같은 단립종japonica type으로 중국산 쌀을 주로 수입한다. 나머지 85%는 장립종indican type인데 주로 태국산 쌀과 베트남산 쌀을 수입한다. 필리핀 측과의 협상을 통하여 정부 보관미 중에서 3~4년 된 고미古米를 수출할 수 있는 길을 열 수도 있다.[46]

한국 농산물이 수출산업으로 발전가능성이 높은 가장 큰 이유는 좋은 수출시장을 가까이에 두고 있기 때문이다. 특히 황해를 경계로 마주보고 있는 중국의 거대한 식품시장과 가장 가까운 거리에 위치한 지리적 장점이 있기 때문이다. 2000년 대에 들어서면서 중국의 농산물 수입은 크게 늘어나고 있다. 국민소득의 증가로 고급농식품 수요가 크게 늘어나고 있기 때문이다.

최근 13년 동안(2000년~2013년)에 중국은 쌀을 물량기준으로 연평균 12.6%씩, 그리고 금액기준으로 연평균 13.8%씩 수입을 늘여가고 있다. 과일·채소 역시 물량기준으로 연평균 11.2%씩, 그리고 금액기준으로 연평균 13.7%씩 빠

46 필리핀의 쌀 수입가격은 장립종은 500~600원/kg, 단립종은 800~900원/kg 수준이다. 정부미의 구매원가는 1,700원/kg 수준이지만 사료용으로 판매된 2013년산 고미 가격은 210원/kg 수준이었다.

른 속도로 수입을 늘여가고 있다.(표1)

| 표 1 | 중국의 주요 농산물 수입 증가 추이

(천톤, 백만불)

구분	2000		2013		연평균 증가율(%)	
	물량	금액	물량	금액	물량	금액
쌀	578.4	275.5	2,781.1	1,470.9	12.6	13.8
과일·채소	3,939.2	2,483.0	15,706.3	13,216.5	11.2	13.7

자료, UN FAO Statistics Data base

중국뿐만 아니다. 인구가 많고 높은 경제성장률 덕분에 국민소득이 빠르게 증가하고 있는 인도, 필리핀, 베트남, 인도네시아 등지에서도 고품질 식품에 대한 수요가 크게 늘어가고 있다. 동남아에서 생산되는 열대 농산물과 우리의 온대농산물을 구상무역Barter trade하는 방식으로 교역확대를 도모하는 것도 좋은 전략이다.

시장개방 확대에 대응하여 그동안 한국농업계는 한마디로 내수시장을 해외농산물 공세로부터 지켜내겠다는 수세적守勢的 자세를 견지해 왔다. 그러나 이제는 수출지향적인 공세적攻勢的 자세로 바뀌어야 글로벌 경쟁시대에서 살아남을 수 있다.

국민소득이 크게 늘어나고 있는 중국과 동남아시아지역을 목표시장target market으로 하여 확산되고 있는 한류와 K·POP 열풍에 편승하여 한국인의 농식품K-Food을 세계인의 식탁에 올리는 일을 농업부문과 우리의 종합상사가 협력사업 모형으로 담당해야 한다.[47]

우리보다 국토면적은 41.6%, 인구는 32.8%에 불과한 유럽의 소국 네덜란드는 생산성 높은 유리온실을 기반으로 하는 고품질 원예농산물의 수출과 가공식품 및 화훼 중계무역으로 세계 제2위의 농식품 수출국으로 부상하고 있다.

멀리 갈 것도 없다. 가발 수출에서부터 시작하여 최첨단 기술의 상품 수출국으로 부상한 한국의 제조업에서 수출 노하우와 열정을 배우면 된다. 우리라고 해서 농식품 수출을 잘할 수 있는 나라를 만들지 못할 까닭이라도 있는가?

네덜란드가 이웃하고 있는 유럽시장보다 훨씬 크고 역동

47 6·25 동란의 폐허에서 시작한 가발 수출에서 오늘날 세계 7위권의 수출대국을 이룩한 경험과 열정으로 종합상사가 K-food수출을 담당해야 한다.

적인 인구 15억의 동북아시아 시장을 우리는 이웃하고 있지 않은가?

선수 구성과 지도관리 체계를 바꿔야 한다

한국농업은 가족노동력에 의존하는 소농적 생산체계의 틀 속에서 생산된 농산물을 인근의 도시 등 내수시장에 내다팔면서 유지되어 왔다. 그러나 가족농체제는 젊은이들의 이농으로 점차 소규모화되고 노령화되었다. 농산물 시장이 개방되기 시작하면서 전 농산물의 과잉생산으로 인한 가격하락 현상이 보편화되는 지경에까지 이르면서 가족농의 위축과 몰락은 가속화되고 있다.

가족농은 시장에서 누구와 경쟁하고 있는가? 수입농산물은 미국농가나 중국농가가 생산하는 것은 맞다. 그러나 생산된 농산물을 수집해서 저장, 표준화, 포장, 운송, 통관, 유통시키는 경제 주체는 농가가 아니라, 전문 유통기업이다. 그러므로 농가는 외국 전문유통기업과 경쟁한다.

가족농과 전문유통기업 간의 경쟁 결과는 뻔하다. 시간의 차이는 있겠지만 가족농의 백전백패로 귀결나도록 되어 있다. 농산물 시장의 개방이 진행되면서 경쟁력이 떨어지는 가족농들의 해체가 범세계적으로 진행되고 있는 것이 바로 이 때문이다.

질 수밖에 없는 경기, 또는 질 것이 뻔한 경기에 나설 수밖에 없다면 경기규칙을 바꾸든지 아니면 선수 구성을 이길 수 있는 체제로 바꿔야 한다.

개별 가족농 대신에 품목별 생산조직 또는 유통조직을 만들어서 전문유통기업과 연계시키는 방법을 강구하는 것이 현실적이다. 나아가서 대기업의 농업투자를 유치하여 첨단 스마트팜smart farm 체제를 수립하고 농장운영에 여러 가지 형태(토지나 노동 등 생산요소 제공 또는 지분 참여)로 가족농이 참여하는 것도 적극적으로 추진해볼 만하다.

그러나 문제는 기업이 농민의 영역을 침해한다는 일부 농민단체의 반발이 크다는 점이다. 기업의 농업투자가 농민의 생존권을 위협한다는 소위 「골목 상권 논리」가 기승을 부리고 있기 때문에 동부팜한농의 화옹 간척지 유리온실 사업도 철수했고 LG그룹의 새만금 스마트팜 계획도 주춤거리고 있다.

동부팜한농의 화옹 유리온실에는 매일 50여 명의 인근 농민들이 출근하여 5만 원씩의 일당을 받고 과일 따기와 씻기, 포장하기 등의 단순노동을 제공했다. 그런데 농민단체의 반대로 유리온실 사업이 철수하자 지역농민들의 농외수입도 사라졌다.

농사짓는 것과 농업경영하는 것은 전혀 다르다. 가족농이 자기 토지에 가족노동력을 결합해서 생산한 농산물을 자가소비하고 남으면 인근 시장에 내다파는 것을 농사짓는다고 한다. 그러나 수익 확보를 목적으로 상업적 영농을 하면 농업경영이다. 수익성 확보를 목적으로 하는 해외의 농업기업이 생산한 경쟁력 강한 농산물이 우리 시장에 넘쳐나면서 가족농에 의한 농사짓기 식의 한국농업은 급속한 위축 국면에 맞닥뜨리고 있다.

농가들이 자본, 기술, 마케팅, 경영기술, 브랜드 힘 등이 부족해서 외국기업에 밀리고 있다면 이들과 당당히 승부할 수 있는 실력과 의지를 갖춘 기업을 유치해서 함께 수지맞는 농업을 경영해서 경쟁력 있는 농산물을 생산해 내면 안 되는가?

경쟁력 높은 해외 농산물이 국내시장을 잠식하는 것은 참을 만하지만 국내기업이 보유하고 있는 자본력과 마케팅 등 경영능력을 초치해서 우리 농산물의 경쟁력을 높여서 수출산업으로 탈바꿈시키자는 것은 왜 참을 수 없는가?

이러한 이상한 분쟁이 거듭되고 있는데 도대체 정부는 왜 뒷짐만 지고 있는가?

농업회생 위한 정책컨텐츠Contents를 바꿔야 한다

큰 정부 체제의 관료 중심적인 농업정책추진 방식을 바꿔야 한다. 선진국에서 널리 활용되고 있는 파트너십이나 거버넌스체계 도입을 진지하게 검토해야 한다. 중앙집권적 농정추진체계를 현장의 지자체 중심적인 농정체계로 폭넓게 전환하는 것도 적극적으로 검토해야 한다.

한국농업은 성장지상주의成長至上主義를 추구해 온 권위주의적인 큰 정부 시절 이래 값싼 자원(노동력, 토지, 식량)을 공급하면서 공업화 경제성장을 뒷받침해 왔다. 경제의 고도성장이 진행되고 있었던 시절, 국민 총생산액에서 농림어업 생산액이 차지하는 비중보다 훨씬 낮은 비중의 농림예산

배정이 이루어졌던 사실이 이를 입증한다.[48]

말하자면 농업부문의 희생을 토대로 해서 급속한 경제성장이 추진되어 왔다고 할 수 있는 것이다.

그러나 시장개방이 본격화 되면서 농업의 위기가 갈수록 심화되고 있는데도 정부의 농업홀대정책은 계속되고 있다. 농수산부문 예산의 전년 대비 증가율은 2010년 이후 국가 전체 예산증가율의 절반 이하 수준에 머물러 있다는 것이 그 증거다. 성장 지상주의를 앞세운 권위주의적 정부체계가 시행하고 있는 농업 경시적 정책관행을 시정해서 농업을 되살려야 한다.

성장이란 절대적인 가치를 추구하는 과정에서 뒤로 밀어두었던 형평衡平실현이란 가치, 균형발전이란 가치, 환경보전이란 가치 등의 소중함을 새삼 되새기고, 되살려 내야 한다. 그 중심에 농업이 자리하고 있는 것이다.

주어진 농업자원결합구조란 토대 위에서 농업 경쟁력을

48 1975년 전체 예산액 중에서 농림어업이 차지하는 예산 비중은 5.0%였다. 그러나 같은 해 농림어업이 국민 총생산에서 차지하는 비중은 12.4%였다. 이러한 전통은 10년이상 이어지다가 1985년 이후 부터는 역전되었다.

향상시키자는 정책, 그리고 개방피해보전을 목적으로 하는 농가소득 향상 정책 등 그동안의 시장개방대응 농업정책은 출발부터 그 한계가 뚜렷했다는 점을 인정해야 한다. 이제는 농업정책의 패러다임을 혁신적으로 바꾸어야 한다. 그래야 한국농업을 되살릴 수 있다. 농업을 살려야 좋은 나라를 만들 수 있다.

| 참고문헌 |

- 데이비드 보일러, 〈이기적인 경제학, 이타적 경제학〉, 2012, 사군자
- 사무엘 베케트, 〈고도를 기다리며〉,2012, 민음사
- 성진근, 〈구원투수로 농업을 세워라〉, 2016. 책넝쿨
- ____, 〈한국농업 리모델링〉, 2014, 도서출판 해남
- 유중, 〈정치란 무엇인가〉, 2016.3, 사군자
- 장 지글러, 〈왜 세계의 절반은 굶주리는가?〉, 2011, 갈라파고스
- 클라우드 슈밥, 〈제4차 산업혁명〉, 2016.11, 새로운 현재
- 한국농촌경제연구원: 농정포커스 139호 〈농업·농촌에 대한 2016년 국민의식조사〉, 2017
- Anders Böhlmark and Mikael Lindahl, "Independent Schools and Long-run Educational Outcomes: Evidence from Sweden's Large Scale Voucher Reform", CESifo working papers series No.3866, June.2012, Institute for the study of labor bonn.
- Angus Burgin, 〈The Great Persuation: Reinvesting Free

Markets Since the Depression〉 Cambridge MA: 2012, Harvard Univ. Press
- Christian Caryl, 〈Strange Rebels: 1979 and the Birth of the 21st Century〉, New York, 2013, Basik Books
- Daron Acemoglu and James Robinson, 〈Why Nations Fail: The Origins of Power, Prosperity and Poverty〉, 2012, New York Crown
- John Micklethwaite, Adrian Wooldridge, 〈제4의 혁명(The Fourth Revolution)〉, 2015, (주)21세기 북스
- OECD, 〈소득불평등이 경제성장에 미치는 영향〉. 2014
- N.Ferguson, 〈Civilization: The Six Killer Apps of Western Power〉, 2012, N.Y. Penguin Books, 2012
- Robert Axelrod, 〈The Evolution of Cooperation〉, 1984
- Stephen D.King, 〈When the Money Runs Out : The End of Western Affluence〉, 2012, Yale Univ. Press
- Thomas Piketty, 〈Capital in the 21st Century, 21세기 자본〉, 2014, 글항아리
- Wallace D. Watts, 〈The Science of Getting Rich〉2012, 스마트미즈니스
- UN FAO Statistics Data Base, 2016
- Vito Tanzi and Ludger Schuknecht, 〈Public Spending in the 20th Century〉, 2000, N.Y. Cambridge University Press